A TRAGÉDIA DE
OTELO,
O MOURO DE VENEZA

COLEÇÃO A OBRA-PRIMA DE CADA AUTOR

A TRAGÉDIA DE
OTELO,
O MOURO DE VENEZA

William Shakespeare

Tradução
Marilise Rezende Bertin

MARTIN CLARET

© Copyright desta tradução: Editora Martin Claret Ltda., 2014.
Título original: *The Tragedy of Othello, the Moor of Venice* (1603)

Direção	Martin Claret
Produção editorial	Carolina Marani Lima
	Mayara Zucheli
Diagramação	Giovana Gatti Leonardo
Projeto gráfico e direção de arte	José Duarte T. de Castro
Ilustração de capa	Weberson Santiago
Tradução	Marilise Rezende Bertin
Revisão técnica	Cristiane Busato Smith
Revisão	Alexander B. A. Siqueira
Impressão e acabamento	Renovagraf

Este livro segue o novo Acordo Ortográfico da Língua Portuguesa.

Dados Internacionais de Catalogação na Publicação (CIP)
(Câmara Brasileira do Livro, SP, Brasil)

Shakespeare, William, 1564-1616.
  A tragédia de Otelo: o Mouro de Veneza / William Shakespeare;
tradução Marilise Rezende Bertin. — São Paulo: Martin Claret,
2014. — (Coleção a obra-prima de cada autor; 123).

  Título original: The Tragedy of Othello, the Moor of Venice.
  "Texto integral"
  ISBN 978-85-440-0015-1

  1. Teatro inglês   I. Título. II. Série.

14-04006   CDD-822.33

Índices para catálogo sistemático:

1. Teatro: Literatura inglesa   822.33

EDITORA MARTIN CLARET LTDA.
Rua Alegrete, 62 – Bairro Sumaré
01254-010 – São Paulo, SP
Tel.: (11) 3672-8144
www.martinclaret.com.br
3ª reimpressão - 2016

Sumário

Prefácio 7

A tragédia de Otelo, o Mouro de Veneza

Primeiro ato

Cena I 19
Cena II 27
Cena III 33

Segundo ato

Cena I 49
Cena II 64
Cena III 64

Terceiro ato

Cena I 83
Cena II 87
Cena III 88
Cena IV 111

Quarto ato

Cena I 123
Cena II 140
Cena III 154

Quinto ato

Cena I 161
Cena II 170

Posfácio 193

Prefácio

Otelo, nosso contemporâneo.

Cristiane Busato Smith*

Otelo é negro, marrom, mouro, africano; um ator branco com rosto negro; um ator negro; um clichê para atores negros; um desafio político para atores brancos. Iago odeia Otelo; não, ele o ama, mas não sabe ou não consegue admitir. A peça é sobre raça, sobre política, sobre classe social, sobre o desejo, sobre o mau, sobre a inocência, sobre a malignidade sem motivo. Nos séculos XX e XXI, a peça também se tornou sobre aquele conceito da linguagem mais escorregadiço, já que dela fizemos uma peça sobre *nós*. (Marjorie Garber, 2008)[1]

Shakespeare (1564–1616) era um autor do seu mundo, mas é, ao mesmo tempo, um autor da nossa contemporaneidade. Em nenhuma de suas tragédias, o bardo inglês consegue dialogar tão diretamente com a realidade contemporânea quanto em *A tragédia de Otelo, o Mouro de Veneza*

---

* Doutora e Mestre em Letras pela Universidade Federal do Paraná. No Brasil, lecionou no Mestrado em Teoria Literária do Centro Universitário Campos de Andrade e no Curso de Letras da Universidade Tuiuti do Paraná. É Editora Regional do projeto digital Global Shakespeares do M.I.T. (Massachusetts Institute of Technology) e Pesquisadora Adjunta da Arizona State University. Possui vários artigos e capítulos sobre Shakespeare publicados em periódicos nacionais e estrangeiros. É autora do livro *Representações da Ofélia de Shakespeare na Inglaterra Vitoriana* (no prelo), que será publicado sob o selo do Centro de Estudos Shakespearianos — CESh. Sua pesquisa atual gira em torno de adaptações brasileiras de Shakespeare.

(1603–1604). Shakespeare elabora uma trama absolutamente envolvente na qual se entremeiam gênero, sexualidade, raça e classe social, todas questões extremamente contemporâneas. O drama, por alguns críticos classificado como "tragédia doméstica", revolve em torno do casamento de um homem negro de cultura muçulmana com uma mulher branca europeia, assunto que ainda exerce polêmica entre nós. Não é à toa, portanto, que *Otelo* continua a provocar reações profundamente diversas tanto na plateia quanto na história crítica da peça.

Escrita em plena era das Grandes Navegações, a peça introduz o único herói trágico negro do cânone shakespeariano. A construção de Otelo como um "mouro exótico e errante" reflete a inquietude da época frente às ameaças potenciais causadas pelos encontros da cultura europeia com culturas estrangeiras, tidas como exóticas e selvagens. Ao mesmo tempo, a visita do embaixador marroquino Abd el-Ouahed ben Messaoud (nasc. 1558) e sua comitiva à Inglaterra, em 1600, levou a corte inglesa a conviver durante seis meses com

Fig. 1 Retrato do embaixador marroquino Abd el-Ouahed ben Messaoud, que visitou a corte inglesa em 1600 e pode ter inspirado Shakespeare na criação de Otelo.

hábitos, línguas e roupas "diferentes". É muito provável que Shakespeare tenha tido contato com o embaixador, uma vez que sua companhia de teatro era a favorita da rainha Elisabete I e já havia, inclusive, se apresentado na corte. Cabe também lembrar que a ameaça turca que assombra Veneza em *Otelo* é histórica: com uma impressionante potência expansionista, o Império Otomano controlava a maior parte do leste mediterrâneo e desafiava a hegemonia europeia.

Que Shakespeare lança mão de outras tramas para criar a sua não é nenhuma novidade — e ainda assim ele consegue ser perfeitamente original. Sua fonte principal em *Otelo* é uma novela de *Hecatommithi* (1565), do italiano Giraldi Cinthio, cujo enredo retrata um Mouro que se casou com "Didemona", uma mulher branca, que havia rejeitado o seu alferes, deflagrando forte sentimento de ciúmes e cólera, que o leva a tramar a sua vingança. Embora a história de Shakespeare possua muitos elementos em comum com a de Cinthio, o autor inglês confere grande densidade e ambiguidade aos personagens e lhes dá diferentes motivações psicológicas, criando uma tensão narrativa de impacto ímpar.

OTELO E A CRÍTICA

Muito foi escrito a respeito de *Otelo* nesses quatro séculos. A história crítica da peça mapeia épocas e visões díspares e frequentemente conflitantes. O primeiro crítico da peça, Thomas Rhymer, argumenta, em 1693, que Otelo é um "herói trágico improvável" e seu casamento com Desdêmona é tão impróprio que torna a peça incapaz de produzir o devido efeito trágico, provocando tão somente "horror e aversão"[2] na audiência. Para os rígidos padrões neoclássicos, *Otelo* feria o decoro da ação e a justiça poética clássica que não permitiria, por exemplo, que Desdêmona morresse. Visões de cunho moralizador como as de Rhymer permanecem até o Romantismo, período que resgata a reputação trágica de *Otelo*, ainda que às custas de se negar a cor da pele do protagonista. Coleridge, para citar um exemplo, notoriamente sugere que "seria monstruoso conceber que uma verdadeira jovem veneziana cairia de amores por um verdadeiro negro".[3] Nesse cenário, não é de surpreender que tradicionalmente o papel de Otelo tenha sido até recentemente representado por atores brancos maquiados de negros[4] em produções oficiais de *Otelo*. A partir dos anos 1960 e 1970, entretanto, frutos de uma crescente conscientização política e ideológica, surgem novos enfoques teóricos que reorientam tanto a representação cênica de Otelo quanto a crítica shakespeariana como um todo.

Um exemplo eloquente dos novos direcionamentos da recepção crítica de *Otelo* é a teoria feminista. Ao recuperar a tragédia pessoal de Desdêmona — assassinada pelo marido por suspeita de uma traição que nunca existiu —, lembra-nos que *Otelo* é também uma tragédia que explora questões de gênero. Tais leituras revelam valores e práticas patriarcais da época de Shakespeare, segundo os quais a mulher deveria ser passiva, abnegada, afável e, acima de tudo, submissa e devota ao seu pai ou marido. Inseridas num universo masculino em que reinam supremos espadas, guerreiros e generais, Desdêmona, Emília e Bianca são as únicas personagens femininas na trama e, de fato são tratadas como posse masculina. Cada uma representa uma classe social específica: Desdêmona pertence à classe alta e nobre, Emília representa a classe média e Bianca, a classe baixa. O comportamento sexual das três personagens é alvo do escrutínio masculino do início ao fim da peça. Contudo, é significativo que a única personagem cuja castidade realmente importa — e a partir da qual Iago construirá a sua intriga — é Desdêmona, revelando a dupla moral da época. Embora as três personagens revelem aspectos subversivos, acabam sendo punidas ou com a morte ou com o profundo escárnio e rejeição da sociedade (no caso de Bianca). Ao dar maior visibilidade à representação das três personagens femininas em *Otelo* e retomar suas tragédias secundárias, a crítica feminista aponta para a necessidade de se questionar, igualmente, as nossas próprias percepções e valores no que diz respeito à condição da mulher nos dias de hoje.

Fig. 2 *Otelo e Desdêmona* (Alexandre-Marie Colin, 1829).

Para as questões centrais com as quais os críticos de *Otelo* ainda se ocupam, certamente não há respostas fáceis ou mesmo corretas. Como em outras obras, Shakespeare expõe a questão sem resolver as diferenças, deixando várias brechas de interpretações abertas. Muitos diretores, cineastas e críticos literários exploram as várias possibilidades interpretativas do *Otelo* de Shakespeare criando um debate fecundo no qual as polêmicas de raça, identidade e gênero refletem e colidem com a linguagem e com o contexto histórico.

OTELO NO BRASIL

Otelo aporta no Brasil, em 1835, via a tradução do francês Jean François Ducis (1733–1816), que, por sua vez, era uma tradução adaptada dos textos neoclássicos franceses que notoriamente "reformavam" as obras de Shakespeare, omitindo palavras, cortando cenas, reduzindo ou amenizando diálogos, no intento de adequá-las ao decoro poético neoclássico.

Seguindo a tradição dos espetáculos ingleses e norte-americanos do século XIX, o Otelo brasileiro era encenado por um ator branco "para não susceptibilizar a sociedade aristocrática", como informa Eugênio Gomes (1961),⁵ o que não deixa de ser uma triste ironia para um país que deve tanto às suas raízes africanas. Em 1837, registra-se a primeira montagem de *Otelo* sob a responsabilidade do célebre ator e diretor brasileiro João Caetano (1808–1863), conhecido como o "pai do teatro brasileiro". Graças à impressionante performance melodramática de Caetano, *Otelo* alcançou imenso sucesso, tanto que foi levado à cena 26 vezes,⁶ um número bastante significativo para a época.

Muito embora o teatro ainda andasse a passos lentos no Brasil do século XIX, a presença recorrente de *Otelo* em textos literários e em algumas adaptações cênicas reflete como anseios sociais e políticos, bem como os temas do amor, do ciúmes e do adultério fascinaram a época. É verdade que a estrutura doméstica de *Otelo* e as possibilidades tragicômicas dos personagens sempre exerceram um apelo popular caloroso. O fato é que muitos escritores brasileiros apropriam *Otelo* em gêneros e configurações diferentes, basta lembrar de duas obras clássicas da literatura brasileira: o drama *Leonor de Mendonça* (1846), de Gonçalves Dias, e o romance *Dom Casmurro* (1899) de Machado de Assis. Ambas emprestam de *Otelo* os temas do ciúmes e da traição, oferecendo, com Leonor e Capitu, versões ambíguas para a Desdêmona de Shakespeare, na medida em que insinuam que elas realmente possam ter traído seus maridos, dúvida essa que Shakespeare faz questão de eliminar em Desdêmona, a fim de atingir o devido "processo trágico" em *Otelo*.

As adaptações brasileiras de *Otelo* adentram os séculos XX e XXI com grande vigor, respondendo às novas tendências estéticas e políticas que oscilam entre a reverência e subversão das obras de Shakespeare. A partir da década de 1980, principalmente, detecta-se uma nova paisagem social e intelectual no teatro brasileiro, que ajuda a forjar maneiras mais democráticas de interpretar o bardo inglês. Como resultado, *Otelo* recebe várias adaptações nos palcos e até mesmo na televisão, a exemplo do *Caso Especial Otelo de Oliveira* (1983), cujo protagonista encarna um Otelo mulato que, acusado de negro, veementemente identifica-se como cigano. O público brasileiro aparentemente ainda não estava preparado para presenciar um casamento inter-racial em pleno horário nobre na tevê Globo da década de 1980, revelando o quanto o assunto era tabu.

Já o teatro se encarrega de nos trazer montagens mais subversivas, muito embora algumas optem por manter uma atitude reverencial ao encenar o bardo inglês. Dentre as montagens políticas, vale destacar *Otelo* (2003), do Grupo Folias D'Arte, que funde o mundo mercantilista de Veneza com as ruas capitalistas de Nova York, forjando uma espécie de manifesto contra a sociedade pós-industrial num verdadeiro embate pelo poder e levando ao palco o interminável confronto entre o estado e o cidadão, entre ricos e pobres, entre mulher e homem e entre perdedores e vencedores. Possivelmente a adaptação brasileira mais ousada e criativa da tragédia de Shakespeare, *Otelo na Mangueira* (2006), de Gustavo Gasparani, transforma *Otelo* em um musical e transporta a trama para o morro da Mangueira dos anos 1940. As letras dos sambas de poetas mangueirenses traduzem harmoniosamente a história de amor, ciúmes e traição. As artimanhas de Iago, por exemplo, são narradas pelo viés do "malandro carioca" e se adaptam afinadamente a várias cenas de *Otelo*. Uma ode ao samba e a Shakespeare, ao erudito e ao popular, *Otelo na Mangueira* resultou num espetáculo muito bem-sucedido. Já *Othelito* (2007, dir. Ângelo Brandini) é adaptada para o público infantil e revisita *Otelo* a partir de um viés lúdico e cômico: os personagens viram divertidos arquétipos da *commedia dell'arte* e põem em relevo o lado cômico da tragédia de Shakespeare.

Embora o favoritismo do público brasileiro por *Otelo* não passe despercebido por estudiosos, a pergunta que intriga é: por que *Otelo*? De fato, os paralelos que podem ser traçados entre a história de um negro que luta para servir uma sociedade repressora branca que não o reconhece como cidadão tem as suas raízes na história colonial brasileira e, portanto, toca diretamente nos seus pontos fracos.

* * *

Otelo é uma peça sobre paixão, ciúmes e traição e opera aquela mágica peculiar a Shakespeare: a habilidade de manipular um enredo e de incluir, implicar e desafiar a todos nós. De caráter denso e controverso, *Otelo* examina, de forma presciente, o confronto inexorável entre o "eu" e o "outro" e coloca o foco em questões como a cultura, a diáspora e a raça. Se solidarizamos, compadecemos ou mesmo nos identificamos um pouco com os personagens, percebemos, também, como a alteridade é uma marca da natureza humana. Mesmo que o inferno seja os outros, como propõe Sartre, e como comprova, tragicamente, o Mouro de Veneza.

NOTAS

[1] Marjorie Garber. *Shakespeare and modern culture*. New York: Pantheon Books, p. 177.

[2] *A short view of tragedy* (1693). In: Edward Pechter (Ed.) *Othello*: a Norton Critical Edition. New York: W.W. Norton, 2004, 202-3.

[3] Samuel Taylor Coleridge. *The complete works of Samuel Taylor Coleridge*. New York: Harper and Brothers, 1858) 4: 179.

[4] Uma das raras exceções é o ator negro norte-americano Ira Aldridge (1807–1867), que representou Otelo na Europa com muito sucesso, embora nunca tenha podido encenar o papel no seu país por conta do período tumultuoso.

[5] Eugênio Gomes, 1961, *Shakespeare no Brasil*. São Paulo: MEC., p. 15.

[6] Daniela Ferreira Elyseu Rhinow. *Visões de Otelo na cena e na literatura dramática nacional do século XIX*. Tese de doutorado. Universidade de São Paulo, 2007.

A TRAGÉDIA DE OTELO, O MOURO DE VENEZA

Personagens da peça

OTELO, o Mouro, um general a serviço de Veneza.
BRABÂNCIO, pai de Desdêmona, um senador veneziano.
MICHEL CÁSSIO, um honrado tenente de Otelo.
IAGO, o vilão, alferes de Otelo.
RODRIGO, um cavalheiro tolo veneziano.
DUQUE DE VENEZA.
SENADORES de Veneza.
MONTANO, governador de Chipre, sucedido por Otelo.
CAVALHEIROS chipreanos.
LUDOVICO, um nobre veneziano, parente de Brabâncio.
GRACIANO, um nobre veneziano, irmão de Brabâncio.
MARINHEIRO.
BOBO, criado de Otelo.
DESDÊMONA, esposa de Otelo e filha de Brabâncio.
EMÍLIA, esposa de Iago.
BIANCA, uma prostituta.
MENSAGEIRO.
ARAUTO.
OFICIAIS.
CAVALHEIROS.
MÚSICOS.
CRIADAGEM.

Primeiro ato

Cena I
Veneza. Uma rua.

(Rodrigo e Iago entram)

RODRIGO
Ora vamos, não me diga isso. Eu me ofendo que você, Iago, meu amigo, que já faz uso de minha bolsa, como se os cordões fossem seus, tivesse conhecimento disso.[1]

IAGO
Maldição! Mas você não está me ouvindo! Se alguma vez sonhei com tal coisa, pode me odiar.

RODRIGO
Você me disse que o odiava.

IAGO
Pode me desprezar se não for verdade. Três grandes nomes da cidade, pessoalmente empenhados em me fazer tenente dele, foram perdir-lhe por mim, de chapéu na mão. Todo mundo sabe, eu conheço meu valor; sei que não mereço nenhum posto abaixo desse. Mas ele, como tem seu orgulho próprio e seus propósitos, recusa com um discurso bombástico, horrivelmente recheado de termos de guerra e, concluindo, não atende aos meus mediadores. "— Asseguro-lhe que já escolhi meu oficial", ele[2] diz. E quem é ele? Certamente,

---

[1] Disso: Refere-se ao casamento de Otelo.
[2] Ele, dele: Eles falam de Otelo, embora nunca mencionem seu nome.

um grande aritmético,[3] um tal de Michel Cássio, um florentino,[4] um sujeito que está prestes a ser amaldiçoado com uma bela esposa; que nunca liderou um esquadrão[5] em um campo de batalha, e entende de disposição de tropas tanto quanto uma prostituta, com exceção de livros teóricos, onde os cônsules togados interpretam tão magistralmente quanto ele. Ele não tem nenhuma prática de táticas militares — só tagarelice. Mas ele, senhor, foi o eleito, e eu, que ante seus olhos dei provas de minha competência em Rodes, em Chipre e em outros campos de batalhas cristãos e pagãos, devo encolher as velas e ficar preso na calmaria, substituído por um guarda-livros. Esse contadorzinho de nada, em boa hora, será o tenente dele, e eu, — e que Deus nos ajude! — o alferes de Sua Majestade, o Mouro.

RODRIGO
Por Deus, eu preferiria ser o seu carrasco!

IAGO
E não há remédio para isso. Essa é a praga do serviço militar. As promoções acontecem por recomendação e por simpatia, não por meio da velha gradação, em que o segundo herdava o posto do primeiro. Agora, julgue por si e me responda se eu posso, de modo justo, gostar do Mouro.

RODRIGO
Eu não o serviria, então.

---

[3] Aritmético: Uma das interpretações possíveis poderia ser que, ao zombar de Cássio, Iago poderia estar querendo dizer que Cássio é um soldado teórico, sem prática de guerra.

[4] Florentino: Os florentinos eram famosos como banqueiros e contadores. Por outro lado, a associação à Florença pode estar ligada a Maquiavel, considerado aqui um demônio astucioso.

[5] Esquadrão: unidade pequena de uma tropa contendo, geralmente, vinte e cinco homens.

IAGO
 Não, acalme-se. Eu o sirvo para tirar-lhe vantagem. Nem todos podem ser patrões, nem *são todos os patrões servidos lealmente*. Você certamente não pode deixar de observar que muitos servos obedientes e submissos, encantados pela própria submissão, desperdiçam suas vidas igual ao asno, que trabalha para seu senhor toda a sua vida, por nada além de comida e, quando fica velho, é dispensado. No que me diz respeito, esses servos honestos devem ser açoitados! Existem outros que, ostentando as formas e as aparências do dever, mesmo assim têm seus corações a serviço de si mesmos e, conferindo nada além de demonstrações de serviço aos seus amos, prosperam por meio deles; e quando terminaram de rechear os seus bolsos servem a si próprios. Esses sujeitos têm um pouco de alma e esse tipo de consciência eu tenho também, é o que lhe declaro. Pois senhor, tão certo como você é Rodrigo, se eu fosse o Mouro, não seria Iago; servindo-o, sirvo a mim mesmo. Os *céus* são meus juízes, não que eu aja por amor ou por dever, mas eu pareço agir assim pois o faço em meu benefício próprio. Porque, se minhas ações aparentes demonstrassem os atos e as intenções verdadeiras do meu coração, não levaria muito tempo até o momento em que eu estivesse usando meu coração sobre minha manga[6] para que as gralhas o bicassem. Não sou quem pareço ser.

RODRIGO
Que sorte tem o beiçudo[7] se ganhar esta!

---

[6] Naquela época os criados usavam um distintivo indicando o nome do patrão a quem serviam. Iago retoma a imagem, contradizendo-a, ao afirmar que seu coração não ficaria sobre sua manga como um distintivo para ser destruído pelas gralhas, ou seja, ele não se doaria ao seu amo, mas a seu próprio coração, ao seu interesse próprio.
[7] Lábios grossos, ou beiçudo, em inglês *thick-lips*, é um insulto racial contra o mouro, de pele negra, Otelo.

IAGO
Chame o pai dela, acorde-o, envenene sua alegria, espalhe boatos sobre ele[8] nas ruas, enfureça seus parentes e, ainda que ele venha de um clima fértil, infeste-o de moscas: apesar de ele estar alegre, ainda assim crie oportunidades de perturbação que façam com que ele possa ser ofuscado pelo infortúnio.

RODRIGO
Esta aqui é a casa do pai dela. Vou chamá-lo.

IAGO
Faça-o, com um timbre apavorado, mas grite de maneira tão assustadora, igual ao que acontece *à noite*, quando, de um descuido, o fogo é descoberto nas cidades grandes.

RODRIGO
Ei, Brabâncio! Senhor Brabâncio, ei!

IAGO
Acorde! Ei, Brabâncio! Ladrões! Ladrões! Ladrões! Cuide de sua casa, de sua filha e de suas bolsas! Ladrões! Ladrões!

(*Brabâncio aparece do alto, em uma janela*)

BRABÂNCIO
Qual a razão desse terrível chamado? Qual é o problema?

RODRIGO
Senhor, sua família está toda em casa?

IAGO
Suas portas estão trancadas?

---

[8] "Ele" sempre se refere a Otelo.

BRABÂNCIO
Por que vocês estão me perguntando isso?

IAGO
Por Deus, o senhor foi roubado! Que vergonha, vista sua toga;[9] seu coração está partido, você perdeu metade da sua alma. Neste momento, um carneiro velho e preto está cobrindo sua ovelhinha branca. Levante-se, levante-se; acorde com o sino os cidadãos que roncam, pois se demorar muito, o diabo[10] vai fazê-lo avô.

BRABÂNCIO
Mas o que é isso? Vocês estão loucos?

RODRIGO
Ilustríssimo senhor, o senhor reconhece minha voz?

BRABÂNCIO
Eu não. Quem é você?

RODRIGO
Meu nome é Rodrigo.

BRABÂNCIO
Pior ainda. Não é bem-vindo. Já lhe disse para não rondar minha casa. De maneira franca e clara você já me ouviu dizer que minha filha não é para você. E agora enlouquecido, por conta de comida e bebida em excesso, num rompante maldoso, vem perturbar meu descanso.

RODRIGO
Senhor, senhor, senhor...

---

[9] Toga: usada pelo senador.
[10] Diabo: Otelo. Uma das muitas palavras negativas de que Iago costuma chamar o Mouro. Nessa época o diabo era associado à cor negra.

BRABÂNCIO
Você deve saber certamente que eu como indivíduo de alta posição social tenho poder para fazê-lo amargar por essa atitude.

RODRIGO
Bom Senhor, tenha um pouco de paciência.

BRABÂNCIO
Por que fala de roubo? Isto é Veneza, não uma granja.

RODRIGO
Venerável Brabâncio, venho a vós de alma pura e desinteressada.

IAGO
Por Deus, senhor, você é do tipo de pessoa que não servirá a Deus se o diabo lhe pedir. Porque nós estamos aqui para fazer-lhe um favor e você pensa que somos baderneiros. Sua filha vai ser coberta por um garanhão da Barbária,[11] seus netos relincharão para você; você terá corcéis por netos e ginetes por parentes.

BRABÂNCIO
Que canalha profano é você?

IAGO
O tipo que lhe diz que sua filha e o Mouro estão fazendo a besta com duas costas[12] neste momento.

---

[11] Em *Otelo*, Shakespeare frequentemente faz uso de referências a animais, que dão ao sexo uma imagem muito primitiva e grosseira. Barbária, naquela época, era uma região costeira, localizada ao norte da África, reconhecida pelos seus cavalos de raça. Há um jogo de sentidos com o termo "bárbaro", que se referia a povos não europeus, e aqui Otelo é visto como um deles.
[12] "Copulando".

BRABÂNCIO
Você é um canalha.

IAGO
E você um senador.

BRABÂNCIO
Vai pagar por isso, Rodrigo. Eu te conheço, Rodrigo.

RODRIGO
Senhor, responderei a tudo. Mas lhe pergunto se é de sua vontade e sábio consentimento (uma vez que acho que em parte o é) que sua bela filha, nesta hora, sombria e sem graça, ao limiar da meia-noite, foi levada sem melhor nem pior guarda que um criado de aluguel, um gondoleiro, aos rudes abraços do Mouro lascivo: se isso é de seu conhecimento e o senhor consentiu, então nós estamos cometendo um erro vergonhoso e insolente para com o senhor. Mas, se o senhor não sabe nada sobre isso, meu conhecimento do comportamento humano me diz que o senhor nos repreendeu erroneamente. Não creia, portanto, que, contrário a todo sentimento de boa conduta, eu seria capaz de brincar e me divertir às custas de sua excelentíssima pessoa. Afirmo novamente que, se o senhor não permitiu que sua filha partisse, ela lhe fez uma traição repugnante, vinculando seu dever, sua beleza, sua inteligência e sua fortuna a um estranho errante, sem parada. Intere-se imediatamente dos fatos. Se ela estiver no quarto de sua casa, que a justiça do Estado recaia sobre mim por tê-lo enganado.

BRABÂNCIO
Ei, acendam o pavio, deem-me uma vela! Acordem todos de casa. Esse acontecimento não difere em nada do meu sonho. Acreditar nele já me oprime. Luz, estou dizendo, luz!

(*Brabâncio sai*)

IAGO
Adeus, pois devo deixá-lo. Não parece ser apropriado nem vantajoso, na minha posição, ficar de testemunha contra o Mouro, porque, se eu ficar aqui, certamente isso acontecerá. Conheço bem o Estado e sei que por mais que esse acontecimento possa agastá-lo com uma reprimenda, não pode afastá-lo, uma vez que ele está encarregado, com todo o apoio do senado, das guerras de Chipre, que até agora estão se desenrolando e, para a salvação deles, eles não têm ninguém mais capaz do que o Mouro para levar adiante a empreitada. Tendo em vista que, apesar de odiá-lo ardentemente como odeio os sofrimentos do inferno, ainda assim, pela minha necessidade de sobrevivência neste momento, devo-lhe demonstrar um sinal de afeto, que é realmente apenas um sinal. Para que você certamente o encontre, leve os homens agitados, que lhe procuram, para a estalagem Sagitário e lá estarei com ele. Adeus.

(*Iago sai*)

(*Brabâncio entra com criados e tochas*)

BRABÂNCIO
É uma verdadeira calamidade, ela se foi e o que será do resto de minha vida, que de agora em diante é odiosa para mim, senão amargura? E agora, Rodrigo, me diga, onde você a viu? Ah, garota infeliz! Com o Mouro, diz você? Quem desejaria ser pai em um momento destes? Como você soube que era ela? Ah, ela me engana muito além de minha imaginação! O que ela disse para você? Apanhem mais velas, acordem todos os meus parentes. Eles estão casados, você acha?

RODRIGO
Sinceramente, acho que estão.

BRABÂNCIO
Ah, céus, como ela saiu? Meu próprio sangue se rebela contra mim! Ah, traição no próprio sangue! Pais, de agora

em diante não acreditem mais no que suas filhas pensam baseados na forma como elas parecem agir. Será que existem encantamentos, poções do amor, por meio dos quais a natureza da juventude e da virgindade pode ser corrompida? Rodrigo, você já leu sobre coisa parecida?

RODRIGO
Sim, senhor, já li.

BRABÂNCIO
Chamem meu irmão. Ah, antes tivesse sido você a tê-la! Rápido, alguns sigam por um lado, outros pelo outro. Você sabe onde podemos encontrá-la e o Mouro?

RODRIGO
Acho que posso encontrá-lo. Se o senhor tiver a bondade de providenciar um bom grupo armado e me seguir.

BRABÂNCIO
Por favor, seja nosso guia. Procurarei em todas as casas. Vamos, peguem suas armas! Posso comandá-los todos. E tragam alguns vigias noturnos: Avante, caro Rodrigo; eu lhe recompensarei.

(Saem)

Cena II
O mesmo lugar. Outra rua.

(Otelo, Iago e criados entram com tochas)

IAGO
Embora tenha matado homens no ofício da guerra, tenho firme consciência de que não devo cometer um assassinato premeditado. Falta-me a inescrupulosidade que às vezes me serve. Nove a dez vezes pensei em apunhalá-lo aqui, embaixo das costelas.

OTELO
É melhor assim.

IAGO
Não, mas ele tagarelava e dizia coisas tão baixas sobre o senhor, que mesmo com a parca piedade que possuo, foi difícil controlar-me. Mas diga-me, por favor, o senhor realmente se casou? Pergunto pois esteja certo de que o Magnífico[13] é muito estimado e tem a seu favor o poder de uma voz que se faz ouvir duas vezes tal e qual a voz do duque. Ele conseguirá seu divórcio, ou irá impor-lhe restrições e punições que a lei com todo seu poder e rigor absoluto o permitam.[14]

OTELO
Deixe que ele faça o pior. Os serviços que prestei ao governo veneziano contarão mais do que suas reclamações. Ninguém sabe ainda, mas, quando eu entender que se gabar é uma honra, hei de contar. Eu venho de uma linhagem real e meus méritos falam, com todo o respeito, de meu destino, que é tão grandioso quanto este que aqui alcancei. Pois saiba, Iago, que, se eu não amasse tanto a doce Desdêmona, nem por todos os tesouros do mar eu trocaria a minha situação de homem livre e sem teto certo por uma vida de confinamento em uma casa. Mas veja. Que luzes são aquelas vindo em nossa direção?

IAGO
São o pai dela e amigos dele. É melhor o senhor entrar.

OTELO
Não, eles têm que me encontrar. Minhas boas qualidades, meu título e minha consciência limpa hão de falar por mim. São eles?

---

[13] Brabâncio. Os nobres mais importantes de Veneza eram chamados de *Magnifici*.

[14] Iago está provavelmente perguntando se Otelo consumou seu casamento com Desdêmona. Um casamento, de maneira semelhante aos dias de hoje, poderia ser anulado se não tivesse sido consumado.

IAGO
Por Jano,[15] acho que não.

(*Cássio entra com alguns oficiais e homens carregando tochas*)

OTELO
Os criados do duque e meu tenente! Que a boa noite os receba! Quais são as novas?

CÁSSIO
O duque manda-lhe seus cumprimentos. Ele precisa que você se apresente ao seu posto neste instante.

OTELO
O que lhe parece ser o problema?

CÁSSIO
É alguma coisa a ver com Chipre pelo que posso imaginar. É um assunto urgente. As galeras enviaram uma dúzia de mensageiros esta noite, um atrás do outro e muitos dos senadores já estão na casa do duque. Você foi chamado com urgência, mas, não sendo encontrado em seu alojamento, o senado enviou três expedições para buscá-lo.

OTELO
Foi bom eu ter sido encontrado por você. Só darei uma palavra aqui em casa e iremos juntos.

CÁSSIO
Alferes, o que ele faz aqui?

---

[15] Deus romano, de duas faces; deus do início, do começo. Ironicamente, é o deus adequado para ser aquele para o qual Iago jure.

IAGO
Na verdade, esta noite ele embarcou num navio cheio de tesouro. Se ele conseguir mantê-lo, está feito para o resto da vida.

CÁSSIO
Não entendo.

IAGO
Ele se casou.

CÁSSIO
Com quem?

IAGO
Ora, com...

(*Otelo entra*)

IAGO
Venha, capitão, está pronto?

OTELO
Sim, irei com vocês agora.

CÁSSIO
Aí vem outro grupo procurando-o.

(*Brabâncio e Rodrigo entram, seguidos de oficiais com tochas e armas*)

IAGO
É Brabâncio. Cuidado. Ele vem com más intenções.

OTELO
Alto! Pare aí!

RODRIGO
Senhor, é o Mouro.

BRABÂNCIO
Acabem com ele, ladrão!

(*Puxam as suas armas*)

IAGO
Você, Rodrigo! Venha, senhor, eu lhe dou cobertura.

OTELO
Guardem suas espadas; do contrário o sereno irá enferrujá-las. Senhor, sua idade inspira mais respeito do que suas armas.

BRABÂNCIO
Ah, seu ladrão infame, onde escondeu minha filha? Maldito como é, deve tê-la enfeitiçado! Porque eu submeto meu caso a qualquer um que tenha bom senso (se ela não ficou prisioneira das correntes da magia); se é possível que uma donzela tão doce, bela e feliz, tão avessa ao casamento, já que ela se esquivou dos mais ricos e belos partidos de nossa nação, sofresse o ridículo público fugindo da minha guarda para o seio cor de fuligem de uma coisa como você, que deveria ser temido e não amado? Que o mundo me julgue, se não é óbvio que você praticou contra ela encantamentos abomináveis, abusou de sua juventude delicada com drogas venenosas que enfraqueçem os movimentos. Levarei o caso para ser debatido nos tribunais. Meu pensamento é provável e palpável. Portanto, eu o prendo[16] por corromper a sociedade, por ser um praticante das artes ilegais. Detenham-no. Se resistir, use a força!

---

[16] As cobranças violentas de Brabâncio não são tão ingênuas quanto possam parecer em tempos modernos. De acordo com as ideias que eram aceitas no período elisabetano, Desdêmona, uma dama de descendência ilustre, deveria se casar com alguém de sua classe social com a aprovação de seu pai e de sua família: é impensável e completamente antinatural que ela fugisse com um estrangeiro, ainda mais com um mouro, e é por isso que Brabâncio só consegue supor que ela foi vítima de magia.

OTELO
Parem, todos, tanto os de meu grupo quanto os outros. Se fosse a minha deixa para lutar eu saberia e não precisaria de um ponto.[17] Para onde devo me dirigir para responder a essas acusações?

BRABÂNCIO
Para a prisão, até quando você for chamado para prestar contas.

OTELO
E se eu obedecer, como satisfarei o duque em seus negócios de Estado? Seus mensageiros estão ao meu lado para levar-me a ele.

OFICIAL
É verdade, valoroso senhor. O duque está em conselho e sua nobre presença, tenho certeza, está sendo requisitada.

BRABÂNCIO
Como assim? O duque está em conselho? A esta hora da noite? Traga-o conosco. A minha causa não é de pouca importância. *O próprio duque, assim como os* meus irmãos do senado,[18] certamente sentirão esse crime como se fosse contra eles próprios. Pois, se deixarmos crimes como este acontecerem, escravos e pagãos serão nossos governantes.

(*Saem*)

---

[17] Otelo se utiliza da metáfora do ator teatral que é auxiliado pelo ponto quando esquece a sua "deixa" (vez). Ele sugere que sabe muito bem qual a parte que ele deveria atuar aqui.
[18] Irmãos do senado: senadores.

Cena III
Um salão no conselho.

(*O duque e senadores entram e sentam a uma mesa, iluminada; assistentes de prontidão*)

DUQUE
Não há consistência nesses relatórios que lhes dê crédito.

PRIMEIRO SENADOR
É verdade, são inconsistentes. Minhas cartas dizem que há cento e sete navios.

DUQUE
E as minhas cento e quarenta.

SEGUNDO SENADOR
E as minhas dizem duzentos. Mas, embora os números não coincidam (uma vez que nesses casos os relatórios são apenas estimativas), ainda assim, todos eles confirmam que uma frota turca se aproxima de Chipre.

DUQUE
Não, é plausível. Não me prendo aos erros contidos nos relatórios, mas aprovo o que eles dizem em linhas gerais, com uma percepção temerosa.

MARINHEIRO
(*Fora de cena*) Olá! Ei, olá!

OFICIAL
É um mensageiro das galeras.

(*Um marinheiro entra*)

DUQUE
E agora, quais são as novidades?

MARINHEIRO
A armada turca está se dirigindo para Rodes. Assim me foi pedido pelo senhor Ângelo que eu relatasse ao Estado.

DUQUE
O que dizem dessa mudança?

PRIMEIRO SENADOR
Isso não pode ser; não faz sentido. É um truque para nos confundir. Quando consideramos a importância de Chipre para os turcos devemos pensar que Chipre não é apenas mais importante para os turcos do que Rodes, mas também que eles poderiam conquistar Chipre mais facilmente, pois não é tão bem protegida como Rodes. Tendo isso em mente, não devemos menosprezar a competência dos turcos e esperar que eles coloquem seu grande interesse em último lugar, negligenciando um ataque fácil e lucrativo a Chipre para correr um risco infrutífero.

DUQUE
Não, sinceramente, acho que os turcos não rumam para Rodes.

OFICIAL
Eis que nos chegam mais notícias.

(*Um mensageiro entra*)

MENSAGEIRO
Valoroso senhor, quando navegavam para a ilhota de Rodes, os turcos se juntaram a uma outra esquadra.

PRIMEIRO SENADOR
Era o que eu imaginava. Quantos navios há nessa frota?

MENSAGEIRO
Trinta. Eles voltaram e estão rumando claramente para Chipre. Senhor Montano, seu servidor fiel e valoroso, de

livre e boa vontade, me pede que lhe informe dos fatos e lhe suplica que acredite nele.

DUQUE
Então é verdade que estão indo para Chipre. Marcos Lúcio está na cidade?

PRIMEIRO SENADOR
Ele está em Florença agora.

DUQUE
Escreva de nossa parte para ele e despache imediatamente.

PRIMEIRO SENADOR
Aí vêm Brabâncio e o bravo Mouro.

(*Brabâncio, Otelo, Cássio, Iago, Rodrigo e os oficiais entram*)

DUQUE
Valoroso Otelo, precisamos mandá-lo lutar contra o nosso grande inimigo turco imediatamente. (Para BRABÂNCIO) Não o tinha visto. Bem-vindo, bom senhor. Sentimos falta de sua sabedoria e ajuda esta noite.

BRABÂNCIO
E eu da sua. Vossa Graça me perdoe. Não foi meu cargo público nem qualquer outra coisa que eu tenha ouvido sobre assunto do Estado que me tirou da cama nesta hora da noite, uma vez que meu pesar, de ordem particular, é torrencial pois inunda todos os sentidos. É de tal natureza oprimente que devora e engole outras tristezas e ainda assim não vai embora.

DUQUE
Mas por que, qual é o problema?

BRABÂNCIO
Minha filha! Ah, minha filha!

PRIMEIRO SENADOR
Morta?

BRABÂNCIO
Sim, para mim. Ela foi enganada e roubada de mim, enfeitiçada por magia negra ou drogada, comprada de charlatões, pois para a natureza errar de maneira tão absurda (uma vez que ela não é deficiente, cega, nem tem cabeça fraca), só mesmo por meio de feitiçaria.

DUQUE
Seja quem quer que tenha feito isso à sua filha, enganando-a e ao senhor, terá de se submeter às leis mortais e o mesmo lerá, ao autor do delito, a letra amarga, de acordo com sua interpretação, ainda que o criminoso seja meu próprio filho.[19]

BRABÂNCIO
Humildemente agradeço Vossa Graça. Aqui está o homem, este Mouro, que, ao que parece, foi convocado pelo senhor para serviços do Estado.

TODOS
Lamentamos muito por isso.

DUQUE (para OTELO)
O que de sua parte pode dizer frente a isso?

BRABÂNCIO
Nada, senão que é verdade.

---

[19] O duque lembra a Brabâncio o direito que este tem em exercer seu poder de senador e castigar o autor do crime contra sua filha e ele próprio.

OTELO
Meus poderosos, distintos e respeitados senhores; nobres e reconhecidamente bons patrões: é verdade que eu tomei a filha desse senhor, assim como é verdade que a desposei. Esta é a minha única ofensa. Minha fala é grosseira, e sou pouco abençoado com a frase suave da paz, porque desde que estes meus braços tinham a força dos sete anos, até nove luas[20] atrás, eles atuaram duramente em campos de batalha. Pouco posso falar deste mundo, além do que se refere a façanhas de lutas e batalhas; e, portanto, pouco irei agraciar minha causa falando eu mesmo. Todavia, com o auxílio de sua benevolente paciência, eu lhes contarei, com honestidade e sem rodeios, sobre o percurso de meu amor, sobre drogas, encantamentos, sortilégios (uma vez que sou acusado desse procedimento) que eu me utilizei para conquistar a filha dele.

BRABÂNCIO
Uma jovem insegura, de um espírito tão calmo e quieto e tão recatada que enrubescia ante seus desejos ou impulsos. E ela, apesar de sua natureza, da idade, de sua terra natal, de sua reputação e tudo mais, foi se apaixonar por aquilo que ela temia ver? Apenas um julgamento deficiente e muito imperfeito poderia admitir que tal perfeição pudesse cometer um erro tão crasso contra todas as leis da natureza. Tal julgamento deve ter sido levado a descobrir as conspirações engenhosas do inferno. Dessa forma eu afirmo novamente que ele fez feitiçaria ao produzir misturas poderosas que tiveram efeito sobre as paixões, ou então criou uma dose de bebida mágica que a entorpeceu.

DUQUE
O que diz não é prova. Sem evidência clara e mais ampla, o que não parece ser substancial soa como uma inferência fraca.

---

[20] Luas: Meses.

PRIMEIRO SENADOR
Otelo, fale. Você enganou ou envenenou as afeições dessa jovem de uma maneira oculta e forçada? Ou tudo aconteceu por meio de belas palavras, de ambos os lados, como geralmente ocorre de uma alma para a outra?

OTELO
Eu lhes suplico, chamem Desdêmona na estalagem Sagitário para que ela possa vir falar de mim diante do pai dela. Se os senhores, ao ouvir o relato dela, realmente me acharem cruel, que a confiança e o ofício que a mim me foram dados sejam de mim retirados, assim como seja retirada a minha vida.

DUQUE
Tragam Desdêmona aqui.

OTELO
Alferes, conduza-os. Você conhece bem o lugar.

(*Iago e os criados saem*)

OTELO
E enquanto ela não chega, em verdade, confessarei, como se fizesse aos céus, os vícios do meu sangue. E de maneira precisa, apresentarei aos seus severos ouvidos, como conquistei o amor dessa bela senhora, assim como ela conquistou o meu.

DUQUE
Conte-nos, Otelo.

OTELO
O pai dela me tinha em grande apreço e frequentemente me convidava à sua casa. Lá ele sempre perguntava sobre a história de minha vida, cada ano dela, queria saber sobre as batalhas, as tormentas, a má sorte pelas quais passei. Contei-lhe tudo, até mesmo desde os meus tempos de menino até agora. Falei dos mais desastrosos acontecimentos, das minhas aventuras excitantes em mar e em terra, de como consegui

escapar por um fio da morte iminente, de como fui capturado e vendido como escravo por um inimigo insolente e depois como comprei minha liberdade. Narrei-lhe sobre enormes cavernas e desertos inabitados, pedreiras acidentadas, rochas e montes onde os picos tocavam os céus. Era minha oportunidade de falar. Essa era minha narrativa. Falei-lhe também de canibais que se devoravam uns aos outros, de antropófagos e homens cujas cabeças crescem abaixo de seus ombros.[21] Desdêmona costumava ouvir atentamente. Mas ela sempre tinha de fazer algum serviço de casa, porém voltava rapidamente, com ouvidos gulosos que devoravam minhas histórias. Observando sua reação, esperei por uma hora oportuna para obter dela uma súplica de seu austero coração para que eu relatasse, com detalhes, todos os acontecimentos de minhas viagens, das quais ela já havia ouvido algumas partes, com total atenção. Assim o consenti e, com frequência, percebi suas lágrimas quando narrava algum dos aflitivos golpes que minha juventude sofrera. Terminada minha história, Desdêmona, em troca, retribuiu com um mundo de suspiros, afirmando que, na verdade, minha história era estranha, muitíssimo estranha; era compassiva, assombrosamente lamentável. Ela desejava não a ter ouvido, mas, por outro lado, ela desejava que os céus pusessem tal homem em seu caminho ou até criassem para ela um homem igual a ele. Ela me agradeceu e pediu que, se eu tivesse um amigo que a amasse, eu deveria ensiná-lo a contar minha história e isso seria o bastante para que ela se enamorasse dele. A sua insinuação fez com que eu me declarasse. Ela me amava pelos perigos pelos quais eu havia passado e eu a amava porque ela

---

[21] Esse tipo espantoso de homem foi narrado por Sir Walter Raleigh no relato de sua expedição à Guiânia em 1595. "Junto ao Arui, existem dois rios, o Atoica e o Caora, e no braço do rio chamado Caora existe um povo cujas cabeças não aparecem acima de seus ombros... eles são chamados de Ewaipanoma: há relatos de que seus olhos se encontram em seus ombros e suas bocas no meio de seus peitos e que muitos pelos longos crescem nas costas entre seus ombros." (*Hakluyt's Voyages*, vii, 328.)

sentia uma pena verdadeira de mim. Essa foi a única bruxaria que usei. Aí vem a senhora. Deixe que ela dê seu testemunho.

(*Desdêmona, Iago e criados entram*)

DUQUE
Penso que esse relato conquistaria minha filha também. Meu bom Brabâncio, encare esta questão, já arruinada, da melhor maneira possível. É melhor ter armas partidas a não ter nada nas mãos.

BRABÂNCIO
Por favor, deixe-a falar. Se ela confessar que também se enamorou dele, que a destruição caia sobre minha cabeça ao ter acusado duramente o homem. Venha, minha doce mocinha. A quem você deve maior obediência aqui?

DESDÊMONA
Meu nobre pai, percebo aqui um dever dividido. Ao senhor devo minha vida e minha criação. Ambas me ensinaram como respeitá-lo. O senhor comanda e espera obediência e até agora fui sua filha. Mas aqui está meu marido e eu lhe devo respeito tanto quanto minha mãe lhe deveu quando preferiu o senhor ao pai dela. Portanto peço-lhe o direito de poder professar obediência ao Mouro, meu senhor.

BRABÂNCIO
Que Deus a acompanhe. Tudo acabou para mim. Por favor, Vossa Graça, dê prosseguimento aos negócios do Estado. Antes tivesse adotado uma criança a tê-la gerado. Venha aqui, Mouro. Aqui lhe dou, de todo o meu coração, aquilo de que talvez ainda não tenha se apossado e que, do fundo do meu coração, eu manteria longe de ti. Por sua causa, minha joia, estou profundamente feliz por não ter outros filhos, pois sua fuga me ensinaria a ser um tirano e eu não lhes daria liberdade. Acabei, senhor.

DUQUE
Deixe-me falar, em seu benefício, da maneira que você falaria, se não estivesse nesse atual estado de espírito, mencionando um provérbio que pode ajudar ao casal de enamorados: "não se pode sofrer pelo que não se pode mudar". Quando a possibilidade de melhoria de uma situação ficou para trás, devemos nos reconciliar com essa situação para nos livrarmos das ansiedades causadas pelas esperanças iniciais. Lamentar uma calamidade passada é a maneira mais certa de trazer novas calamidades. A aceitação da paciência pode ludibriar a injúria oferecida pelo destino, infligindo uma perda inevitável. Quando aquele que é roubado sorri ante o roubo que sofreu, ele, por sua vez, rouba algo do ladrão. Aquele que desperdiça seu tempo na dor, rouba a si mesmo.

BRABÂNCIO
Se é assim, deixemos que os turcos roubem Chipre de nós. Não perderemos nada enquanto pudermos sorrir. É duro quando um homem tem de suportar sua desgraça não apenas como uma consolação moral, mas também tem que se esforçar para ser capaz de retirá-la de seu pequeno estoque de paciência. Essas sentenças com suas tendências a adoçar ou amargar, uma vez que ambas são fortes, são equívocas. Mas palavras são palavras. Até hoje nunca ouvi dizer que meras palavras pudessem alguma vez trazer consolo a alguém que está profundamente ferido. Imploro humildemente que prossiga com os interesses do Estado.

DUQUE
Os turcos tiranos se dirigem a Chipre com uma frota poderosa. Otelo, você conhece bem a força militar do lugar; e embora tenhamos um oficial muito competente cuidando da defesa em Chipre, ainda assim a opinião pública é que você é o melhor homem para o serviço. Portanto terá de embaçar o brilho de sua boa sorte e fazer parte dessa expedição áspera e difícil.

OTELO
Respeitados senadores, o costume, esse tirano, transformou minha armadura grosseira em leito de plumas. Reconheço que encontro na adversidade uma feliz prontidão e, assim sendo, aceito esta guerra contra os otomanos. Portanto, muito humildemente, me curvo ao Estado e solicito providências condizentes com minha esposa, uma acomodação e uma pajem para acompanhá-la.

DUQUE
Ora, ela pode ficar na casa de seu pai.

BRABÂNCIO
Não permitirei.

OTELO
Nem eu.

DESDÊMONA
E eu não ficaria lá, pois a minha presença alimentaria pensamentos incômodos em meu pai, uma vez estando eu sob sua vista. Caríssimo duque, peço-lhe que me empreste seus ouvidos favoravelmente e deixe-me encontrar permissão em sua voz para que acompanhe esta fala despretenciosa.

DUQUE
O que desejaria falar, Desdêmona?

DESDÊMONA
Que quando me apaixonei pelo Mouro, saí de casa intempestivamente porque queria viver com ele. Minha atitude foi proclamada ao mundo. Meu coração submeteu-se completamente à natureza e profissão de meu senhor; sua face foi transformada aos meus olhos, pela sua mente e minha alma e meu destino se consagraram à sua honra e às suas qualidades pessoais. Dessa maneira, caros senhores, se eu for deixada para trás e ele for para a guerra, serei como uma mariposa no escuro da noite, ficarei privada dos privilégios que me

pertencem como esposa e terei de suportar por longo tempo sua custosa ausência. Deixe-me ir com ele.

OTELO
Permitam que ela tenha seu consentimento. Que os céus sejam então testemunha de minha súplica: não peço que satisfaçam o paladar de meu apetite, nem inflamem a febre juvenil, já defunta, mas sim que estejam livres e generosos na mente dela. E que os céus não permitam que suas almas bondosas pensem que eu irei negligenciar seus grandes e sérios negócios enquanto ela estiver comigo. Quando os brinquedinhos leves e alados do cupido emplumado cegarem com uma sonolência licenciosa meus olhos de tal forma que os jogos libidinosos corrompam e manchem meu serviço, que as donas de casa façam do meu elmo uma caçarola e que todas as desonrosas e desprezíveis adversidades ataquem minha reputação!

DUQUE
Que seja então como vocês decidirem em particular. Quer ela fique, quer ela vá, o assunto demanda pressa e precisamos de urgência na resposta.

PRIMEIRO SENADOR
Deve partir hoje à noite.

OTELO
É de boa vontade que o faço.

DUQUE
Nos encontraremos aqui novamente amanhã, às nove da manhã. Otelo, deixe um oficial seu aqui para que ele leve nossas instruções, assim como tudo o mais lhe diz respeito a sua classe social e a seu posto.

OTELO
Se for de seu agrado, meu alferes honesto e confiável acompanhará minha esposa e trará tudo o mais que for necessário que Vossa Graça ache que deva ser enviado a mim.

DUQUE
Que assim seja. Boa noite a todos. (*Para Brabâncio*) Nobre senhor, se a virtude é bela, seu genro é muito mais belo do que negro.

PRIMEIRO SENADOR
Adeus, bravo Mouro. Trate Desdêmona bem.

BRABÂNCIO
Fique de olho nela, Mouro. Ela enganou seu pai, e pode enganá-lo também.

(*O Duque, Brabâncio, Cássio, senadores e oficiais saem*)

OTELO
Aposto minha vida na fidelidade de Desdêmona. Meu honesto Iago, tenho de deixar Desdêmona com você. Peço-lhe que deixe sua esposa assisti-la, e traga-as tão logo puder. Venha, Desdêmona, tenho só uma hora de amor para ficar com você e direcioná-la como lidar com os assuntos mundanos. Temos de obedecer ao tempo.

(*Otelo e Desdêmona saem*)

RODRIGO
Iago?

IAGO
O que você tem a dizer, nobre coração?

RODRIGO
O que você acha que eu devo fazer?

IAGO
Ora, vá para cama dormir.

RODRIGO
Vou me afogar imediatamente.

IAGO
Se você fizer isso, não o respeitarei mais. E por que, tolo cavalheiro?

RODRIGO
É tolice viver quando a vida é um tormento e então temos uma prescrição médica para morrer quando a morte é nosso médico.

IAGO
Ah, detestável criatura! Sou um espectador do mundo há quatro vezes sete anos e desde que consegui distinguir entre um benefício e uma injúria nunca encontrei um homem que soubesse como amar a si próprio. Antes de dizer que me afogaria pelo amor de uma prostituta, eu preferiria ser um babuíno.

RODRIGO
O que devo fazer? Confesso que é uma vergonha ser tão idiota, mas não tenho em mim a virtude para me corrigir.

IAGO
Virtude? Uma ova! Está em nós ser isto ou aquilo. Nossos corpos são nossos jardins, e nossa vontade é o jardineiro. Assim sendo, se plantamos urtiga ou semeamos alface, se plantamos hissopo e campinamos tomilho, satisfazemos nosso jardim com uma espécie de erva ou trazemos variedade com muitas — seja para o deixarmos estéril por conta de nossa ociosidade, ou para cultivá-lo com o nosso trabalho — ora, o poder e a autoridade disciplinada disso jaz em nossa vontade. Se na balança de nossas vidas não existisse o lado da razão para contrabalançar com o outro da sensualidade, o sangue[22] e a baixeza de nossa natureza nos levariam a

---

[22] Na época em que Shakespeare escrevia suas peças, o sangue era tido como um componente dos quatro "humores" (ou temperamento) e significava desejo sexual.

experiências monstruosas. Mas temos razão para resfriar nossas paixões desenfreadas, nossas necessidades carnais, ou nossa luxúria descontrolada. Portanto, considero isso que você chama de amor uma ramificação do desejo.

RODRIGO
Não pode ser.

IAGO
É meramente uma luxúria do sangue e permissão do desejo. Vamos, seja homem! Afogar-se? Isso é para gatos e cachorrinhos cegos. Eu me declaro seu amigo e confesso-me atado ao seu merecimento por cordas fortes e resistentes. Não existe melhor momento para poder ajudá-lo do que agora. Ponha dinheiro em sua bolsa.[23] Segue para a guerra. Mude seu rosto, use barba como disfarce. Repito, ponha dinheiro em sua bolsa... O amor de Desdêmona pelo Mouro não irá durar muito — ponha dinheiro em sua bolsa — nem o dele por ela. Ela se apaixonou por ele tão violentamente quanto o rompimento acontecerá, você verá. Ponha dinheiro em sua bolsa. Esses mouros têm desejos volúveis: encha sua bolsa de dinheiro. A comida que para ele agora é tão suculenta como a manga se tornará em breve tão amarga quanto a cidra. Ela fatalmente irá trocá-lo por alguém mais jovem; quando ela se fartar do corpo dele, vai perceber o erro de sua escolha. Portanto, ponha dinheiro em sua bolsa. E já que você quer se amaldiçoar se afogando, faça-o de uma maneira mais suave do que afogamento. Ganhe todo dinheiro que puder. Se a pretensa santidade e o juramento frágil de amor feito por um bárbaro errante e uma veneziana excessivamente refinada não forem demais para minha inteligência, você a desfrutará. Portanto, consiga dinheiro. Maldito seja o afogamento, está completamente fora de cogitação. Melhor se enforcar, depois de satisfazer seu desejo, do que se afogar e ficar sem ela.

---

[23] Iago sugere que Rodrigo venda seus bens com o intuito de levantar dinheiro.

RODRIGO
Promete ser constante para com minhas esperanças, se eu decidir esperar para ver o que acontece?

IAGO
Pode confiar em mim. Vá e arranje dinheiro... Já disse muitas vezes e repito sempre que odeio o Mouro. Meus motivos têm raízes no coração, os seus não têm menos razão que os meus. Vamos ser aliados em nossa vingança contra ele. Se você conseguir pôr um par de chifres nele, será prazeroso para você e divertido para mim. Existem muitos eventos no ventre do tempo para serem paridos. Marche, já! Vá, providencie dinheiro! Nos falamos mais amanhã. Adeus.

RODRIGO
Onde nos encontramos amanhã de manhã?

IAGO
No meu alojamento.

RODRIGO
Estarei lá bem cedo.

IAGO
Vá, adeus. — Está me ouvindo, Rodrigo?

RODRIGO
O que você está dizendo?

IAGO
Não falemos mais de afogamento, está me ouvindo?

RODRIGO
Mudei de ideia sobre esse assunto. Vou vender todas as minhas terras.

(*Rodrigo sai*)

IAGO

Vá, adeus! Sempre faço do meu bobo a minha bolsa, uma vez que minha experiência[24] seria profanada se eu não gastasse tanto tempo com um idiota igual a esse, a menos que seja para meu próprio divertimento e lucro. Odeio o Mouro e em todo o lugar se acredita que ele fez o meu ofício nos meus lençóis.[25] Não sei se é verdade, mas uma mera suspeita dessa natureza é o bastante para que eu me vingue, seja ela verdadeira, seja apenas uma desculpa para justificar meu ódio. Ele me tem em grande estima o tanto melhor para que meus planos funcionem com ele. Cássio é um homem vistoso. Deixe-me ver agora como posso obter o lugar dele e satisfazer por completo meu propósito com uma dupla velhacaria. Como? Como? Vejamos. Depois de algum tempo enganarei os ouvidos de Otelo dizendo que Cássio está muito íntimo de sua esposa. Cássio tem muito boa aparência e modos tão atraentes para as mulheres que elas poderiam levantar suspeitas em seus maridos. O Mouro é de natureza aberta e franca. Acredita que todo homem que parece honesto é honesto, portanto permitirá ser levado docilmente pela cabeça da mesma forma que os asnos o fazem. Meu plano está concebido! Está engendrado! Com a ajuda do inferno e da escuridão da noite, esse plano monstruoso virá à luz do mundo.

(Sai)

---

[24] Iago sempre enfatiza que seu conhecimento dos homens, assim como da guerra, é prático, não teórico.
[25] Dormiu com minha mulher.

Segundo ato

Cena I
Um porto marítimo em Chipre. Um lugar aberto próximo ao cais.

(*Entra Montano com dois outros Cavalheiros*)

MONTANO
O que você vê no mar do alto do promontório?

PRIMEIRO CAVALHEIRO
Nada. A água está tão turbulenta. Não consigo distinguir o céu do oceano. Não consigo ver nenhuma vela.

MONTANO
Parece-me que o vento grita em terra. Nossas muralhas nunca tinham sido golpeadas por rajadas de vento tão furiosas. Se o vendaval foi tão violento no mar como um rufião briguento, que vigas de carvalho — responsáveis pela estrutura de um navio — permaneceriam juntas, quando montanhas de água se moveram sobre elas? Que notícias iremos receber?

SEGUNDO CAVALHEIRO
As da dispersão da frota turca. Pois, se o senhor for à praia coberta de espuma, verá que os vagalhões briguentos repelidos pela praia parecem se chocar violentamente contra as nuvens. As altas ondas de água sacudidas pelo vento voam como se fossem uma fera gigante e monstruosa e parecem lavar a Ursa flamejante e apagar as chamas da Estrela Polar. Nunca vi tanta turbulência nas águas furiosas.

MONTANO
Se a frota turca não estiver abrigada em alguma baía, seus homens devem estar todos afogados. É impossível sobreviver a esta tempestade.

(*Um Terceiro Cavalheiro entra*)

TERCEIRO CAVALHEIRO
Novidades, senhores, nossa guerra acabou! A tempestade apavorante derrotou os turcos e seus planos foram arruinados. Um precioso navio de Veneza viu o doloroso e sofrido naufrágio da maior parte da frota deles.

MONTANO
O quê? Isso é verdade?

TERCEIRO CAVALHEIRO
O navio está no porto agora. É a Veronessa. Michel Cássio, tenente do Mouro Otelo, desembarcou. O Mouro está no mar, a caminho daqui, uma vez que lhe foi outorgado poderes plenos para cá, Chipre.

MONTANO
Alegro-me com isso. Ele será um governador valioso.

TERCEIRO CAVALHEIRO
Mas esse mesmo Cássio, a despeito de narrar o alívio da derrota turca, parece preocupado e ora pela segurança do Mouro porque eles se separaram durante a abominável e violenta tempestade.

MONTANO
Peçamos a Deus por sua segurança. Eu servi sob suas ordens e o homem é um soldado modelo no comando. Vamos à praia, vamos! Para vermos o navio que aportou e para lançar os olhos ao mar em busca do navio do valente Otelo, até que venhamos a confundir o oceano com o céu azul.

TERCEIRO CAVALHEIRO
Vamos, façamos isso, pois a cada minuto há esperanças de mais desembarques.

(*Cássio entra*)

CÁSSIO
Agradeço aos homens valorosos que defendem esta ilha guerreira e que tanto apoiam o Mouro. Ah, que os céus o protejam contra os elementos,[26] pois o perdi no mar revolto.

MONTANO
Ele está num bom navio?

CÁSSIO
Seu navio foi solidamente construído e o piloto tem experiência e uma excelente reputação. Por isso, minhas esperanças, apesar de não serem exageradas, continuam otimistas.

UMA VOZ
(*Fora de cena*) Uma vela, uma vela, uma vela!

(*Entra um Mensageiro*)

CÁSSIO
Que barulho é esse?

MENSAGEIRO
À beira-mar, filas de pessoas estão gritando "Uma vela!".

CÁSSIO
Espero que seja o governador.[27]

(*Um tiro*)

---

[26] Elementos: Os poderes do ar e da água (ex.: os ventos e as ondas).
[27] Governador: Cássio refere-se a Otelo.

SEGUNDO CAVALHEIRO
É um tiro de saudação. Quer dizer que são amigos.

CÁSSIO
Peço-lhe, senhor, que vá e nos dê notícias confiáveis de quem chegou.

SEGUNDO CAVALHEIRO
Farei isso.

(*O Segundo Cavalheiro sai*)

MONTANO
Mas, meu bom tenente, seu general se casou?

CÁSSIO
Sim, e ele tem sorte, porque conquistou uma moça que supera qualquer descrição e elogios acalorados, pois é a própria perfeição. É aquela que excede o floreado inteligente das penas elogiosas; ela é uma beleza pura em forma humana cujo interior é perfeito.

(*O Segundo Cavalheiro entra*)

CÁSSIO
E então? Quem aportou?

SEGUNDO CAVALHEIRO
É um tal de Iago, o alferes do general.

CÁSSIO
Ele chegou rápido. Até mesmo a própria tempestade, os mares de ondas gigantescas e ventos fortes, as rochas sulcadas, os bancos de areia e os recifes, traidores submersos, que obstruem a quilha do navio inocente, estão cientes da beleza de Desdêmona e, portanto, rejeitam suas naturezas mortíferas, permitindo a passagem segura da divina mulher.

MONTANO
Quem é ela?

CÁSSIO
É aquela de quem lhe falei, a capitã de nosso grande capitão. O fiel Iago foi encarregado de trazê-la aqui e chegou uma semana antes do que esperávamos. Magnânimo Júpiter,[28] proteja Otelo e enfune sua vela com seu sopro poderoso. Que Otelo possa abençoar esta baía com seu grande navio e ofegar de prazer nos braços de Desdêmona para reacender nossos espíritos apagados e trazer conforto a toda Chipre!

(*Desdêmona, Iago, Rodrigo e Emília entram*)

CÁSSIO
Oh, vejam, o tesouro do navio desembarcou! Todos os homens deveriam se ajoelhar diante dela. Meus cumprimentos, minha senhora, e que a graça dos céus possa estar à sua frente, atrás de ti sempre, cercando-a por completo.

DESDÊMONA
Eu lhe agradeço, valoroso Cássio. Que notícias pode me dar de meu senhor?

CÁSSIO
Ele não chegou ainda, nem eu sei de nada, exceto que ele está bem e estará aqui em breve.

DESDÊMONA
Ah, mas eu temo por ele. Como o senhor se separou dele?

CÁSSIO
A grande contenda entre o mar e o céu nos separou.

UMA VOZ
(*Fora de cena*) Uma vela, uma vela! Ouçam! Uma vela!

(*Um tiro*)

---

[28] Júpiter, o deus dos deuses na mitologia greca-romana.

SEGUNDO CAVALHEIRO
Estão cumprimentando a cidadela. Esse também é um navio amigo.

CÁSSIO
Vá inteirar-se das notícias.

(*O Cavalheiro sai*)

CÁSSIO
Meu bom alferes, bem-vindo. (*Para Emília*) Bem-vinda, senhora. Meu bom Iago, não se irrite por eu ter estendido meu cumprimento aos limites permitidos de familiaridade. Faz parte de minha educação, que me encoraja a fazer essa demonstração ousada de cortesia.

(*Ele beija Emília*)[29]

IAGO
Senhor, se ela lhe desse em lábios tanto quanto ela sempre me dá de língua, você estaria farto agora.

DESDÊMONA
Não é verdade, ela quase nem fala!

IAGO
Não, ela fala demais. Percebo isso quando quero dormir. Mas ante vossa senhoria ela guarda sua língua no coração, porém me censura em pensamento.

EMÍLIA
Você não tem motivo para dizer isso.

---

[29] Apesar de Cássio beijar Emília, esse comportamento, considerado elegante aqui na peça, não era um hábito italiano. Beijar as mulheres era um hábito na Inglaterra elisabetana. Apesar de Shakespeare situar muitas de suas peças em outros territórios que não o da Inglaterra, ele sempre traz características do povo inglês para dentro dessa realidade fictícia.

IAGO
Ora, vamos! Ora vamos! Vocês mulheres são todas iguais. São pinturas de virtuosidade e beleza quando estão fora, mas tão barulhentas quanto os sinos[30] nas salas de visitas de suas casas; são gatos selvagens na cozinha, mas se fazem de santas quando prejudicam alguém. São demônios quando ofendidas, mentirosas quando estão em casa e prostitutas na cama.

DESDÊMONA
Ah, que vergonha, caluniador!

IAGO
Se isso não for verdade, eu sou turco![31] Vocês se levantam para brincar e vão para cama para trabalhar.[32]

EMÍLIA
Você jamais escreverá um elogio para mim.

IAGO
Não, não me deixe fazê-lo.

DESDÊMONA
Mas o que você escreveria sobre mim se tivesse que me elogiar?[33]

IAGO
Ah, cara senhora, não me peça isso, pois sou extremamente crítico.

---

[30] A língua de uma mulher geniosa era frequentemente comparada a um sino.

[31] A expressão "eu sou turco" é uma variante daquela usada na época de Shakespeare, "sou judeu". Ambas as expressões obviamente trazem uma conotação negativa. Não cristão. Infiel.

[32] Iago está dizendo que todas as mulheres são prostitutas.

[33] No original em inglês, *praise* traz os sentidos múltiplos de elogiar, avaliar.

DESDÊMONA
Vamos, tenente. Alguém foi até o porto?

IAGO
Sim, senhora.

DESDÊMONA
Não estou alegre, mas tento disfarçar como estou, pois estou preocupada com Otelo. Vamos, como você me elogiaria?

IAGO
Estou pensando, embora minha invenção esteja colada na minha cabeça tal como o visco espalhado nos arbustos para apanhar pássaros se gruda no feltro e demora a sair. Mas minha musa que está gestando acaba de dar a luz. Se uma mulher é bela e sábia, ela usa uma qualidade para si e a outra também. Uma alimenta a outra.

DESDÊMONA
Muito bem! E se ela for negra e espirituosa?

IAGO
Se ela for negra e espirituosa, encontrará um homem branco que combine com sua escuridão.[34]

DESDÊMONA
Está piorando!

EMÍLIA
E se ela for bela e tola?

IAGO
Nunca é tola aquela que é bela, pois na loucura faz bastardos para si.[35]

---

[34] Talvez uma brincadeira com o casal Otelo e Desdêmona, que têm cores diferentes?

[35] No original em inglês há um jogo de palavras com *foolish*, "tola", e *folly*, "tola", "não casta". Logo a associação com prostituta.

DESDÊMONA
Essas piadas absurdas são contadas por homens em cervejarias com o intuito de fazer os bobos rirem. Que avaliação mesquinha você faz daquela que é feia e burra?

IAGO
Não importa quão feia ou burra seja uma mulher, ela usa os mesmos truques que as belas e espertas usam.

DESDÊMONA
Ah, santa ignorância! Você avaliou melhor o pior tipo de mulher. Mas como você avaliaria uma mulher realmente merecedora? Aquela que é tão virtuosa que mesmo a malícia maior fosse admitir a sua virtude?

IAGO
Aquela que foi sempre bela e jamais orgulhosa,
Que falou o que quis e mesmo assim nunca em voz alta,
A quem nunca faltou o ouro e mesmo assim nunca se gabou,
Absteve-se de suas vontades mesmo quando podia dizer
"Agora eu posso";
Quando furiosa e estando pronta a se vingar,
Ordenou que sua injúria cessasse e seu desprazer fosse
embora,
Aquela que em sua sabedoria nunca foi frágil,[36]
Nunca trocou gato por lebre,
Aquela que conseguia pensar, mas nunca expôs suas ideias,
Viu que pretendentes a perseguiam, mas nunca olhou
para trás,
Essa é a tal pessoa, caso tal pessoa exista...

DESDÊMONA
Para fazer o quê?

---

[36] Moralmente fraca, incapaz de resistir a uma tentação.

IAGO
Amamentar os bobos e viver de trabalhinhos domésticos.

DESDÊMONA
Ah, que conclusão débil e medíocre! Não lhe dê ouvidos, Emília, mesmo que ele seja seu marido. O que você diz, Cássio? Ele não é o mais irreverente e profano conselheiro?

CÁSSIO
Ele não tem papas na língua, senhora. Você pode apreciá-lo mais como um soldado do que como um erudito.

IAGO
(À parte) Ele está pegando a mão dela. Isso, muito bom, sussurre! Com uma teia tão pequena quanto essa, eu capturo essa mosca tão grande quanto Cássio. Isso, continue sorrindo para ela, isso mesmo! Vou agrilhoá-lo em seus próprios galanteios. Você diz a verdade: é isso mesmo! Se você perder seu emprego por causa desse tipo de comportamento, desejaria que não tivesse beijado seus três dedos.[37] Muito bem! Beijou muito bem! Excelentes modos! De verdade! Mais uma vez seus dedos em seus lábios? Desejaria que eles fossem cânulas de clíster[38] para seu próprio bem! (*Som de trombetas fora de cena*)
O Mouro! Conheço sua trombeta.

CÁSSIO
É verdade.

DESDÊMONA
Vamos encontrá-lo.

CÁSSIO
Veja, aí vem ele!

---

[37] Beijado seus três dedos: Um gesto muito normal e cortês era o de um cavalheiro beijar sua mão ante uma dama.
[38] Cânula de clíster: Tubo para ducha vaginal.

(*Otelo entra com serviçais*)

OTELO
Minha bela guerreira!

DESDÊMONA
Meu querido Otelo!

OTELO
É uma surpresa imensa assim como uma satisfação constatar que você chegou aqui antes de mim. Ah, alegria de minh'alma, se depois de cada tempestade vem a bonança, gostaria que os ventos soprassem até que acordassem a morte e permitissem que este navio guerreiro galgasse os montes de mares tão altos como o do Olimpo e mergulhasse novamente tão profundo quanto a distância entre o céu e o mar. Se tivesse de morrer agora, estaria plenamente realizado, pois minha alma goza de uma felicidade tão absoluta que temo jamais ser tão feliz assim em toda minha vida.

DESDÊMONA
Que os céus permitam que nosso amor e nossa felicidade só aumentem com o passar dos dias.

OTELO
Que os deuses digam "amém"! Não consigo falar. Minha alegria é tamanha que me fogem as palavras para descrevê-la. A felicidade está presa aqui; o contentamento é imenso. E este, e mais este, que sejam o auge de nossas discórdias! (*Se beijam*)

IAGO
(*À parte*) Ah, vocês estão bem afinados agora; mas vou afrouxar as cavilhas desses dois instrumentos que agora produzem música,[39] em nome de minha honestidade.

---

[39] Ao usar a imagem de instrumentos musicais, Iago quer dizer que ele vai arruinar a felicidade do casal.

OTELO
Vamos para o castelo. Novidades, amigos! A guerra acabou, os turcos se afogaram. Como vão, meus velhos amigos? Amor, você será bem-vinda em Chipre. Recebi grande carinho deles. Ah, minha querida, estou falando demais, sem coerência, tagarelando, porque estou tão feliz. Peço-lhe, meu bom Iago, que vá à baía e desembarque meus pertences. E traga o capitão do navio para a cidadela. É um bom homem, valoroso e merece muito respeito. Venha, Desdêmona. Não me canso de dizer, como é bom encontrá-la em Chipre.

(Otelo, Desdêmona e os serviçais saem, com exceção de Iago e Rodrigo)

IAGO
Soldado, encontre-me no porto daqui a pouco. Venha cá, Rodrigo. Se você é corajoso — uma vez que se diz que homens corruptos quando se apaixonam acrescentam nobreza à sua natureza —, me escute. O tenente vai ficar no posto do vigia esta noite. Mas antes devo dizer-lhe que Desdêmona está completamente apaixonada por ele.

RODRIGO
Por ele? Não é possível.

IAGO
Fique quieto e se prepare para entender o que vou lhe dizer. Lembre-se de que ela se apaixonou de forma violenta pelo Mouro por causa das histórias fantásticas que ele inventou quando se gabava para ela. Você esperava que ela o amasse para sempre somente por sua arrogância? Não deixe que seu coração esperto ache isso. O olhar dela deve ser alimentado, e que delícia terá ela quando olhar para o diabo? Quando o sangue amansar no momento de luxúria, vai ter que existir um novo jogo amoroso para inflamá-lo e saciar assim um renovado apetite. O encanto na aparência, uma concordância que vem com os anos, os modos, a beleza... Tudo isso falta ao Mouro. Então, ao sentir falta dessas necessidades, a ternura

delicada de Desdêmona acabará por encontrar-se enganada, começará a enjoar, perderá o gosto pelo Mouro e terminará por abominá-lo. A própria natureza se incumbirá de instruí-la a uma segunda escolha. Agora, senhor, tendo em mente esse reconhecimento natural, já que ele não é nem um pouco forçado, ao contrário, bem plausível, quem será o mais favorecido nessa escala da sorte senão Cássio? Um canalha que se faz passar por alguém de boa fala, plausível, de aparência cortês e comportamento atencioso com o intuito de satisfazer sua luxúria e seus desejos mais imorais. Ora, ninguém, ora, ninguém senão ele! Um canalha escorregadio e traiçoeiro, com um olho capaz de enxergar e criar oportunidades, mesmo quando elas inexistem. Um patife diabólico. Além disso, o canalha é bonito, jovem e tem todas as qualidades que as vagabundas e as mentes imaturas procuram. Um canalha maligno, e a mulher já notou que ele existe.

RODRIGO
Não consigo acreditar que ela seja assim. Ela tem um caráter abençoado.

IAGO
Abençoado uma ova! O vinho que ela bebe é feito de uvas.[40] Se ela fosse abençoada, jamais amaria o Mouro. Chouriço[41] abençoado, isso sim! Você não viu como ela acariciava a mão dele? Você não prestou atenção?

RODRIGO
Sim, eu vi, mas aquilo foi só cortesia.

---

[40] O vinho que ela bebe é feito de uvas: Ela é um ser humano e não uma santa e habita o mesmo mundo material que todos nós habitamos.

[41] Chouriço, ou linguiça feita de sangue. Pode ser um eufemismo para vagina ou pênis (algo longo e vermelho).

IAGO
Lascívia, eu lhe asseguro! Um prefácio e um prólogo obscuros antecedendo uma história de luxúria e pensamentos obscenos. Os lábios deles ficaram tão próximos que seus hálitos se abraçaram. Pensamentos detestáveis, Rodrigo. Quando as pessoas ficam íntimas dessa forma, sexo vem logo em seguida. Nojento! Mas, senhor, deixe-me guiá-lo. Eu lhe trouxe de Veneza para cá. Fique de guarda esta noite. Eu lhe darei tal incumbência. Cássio não o conhece. Estarei perto. Arranje uma oportunidade de irritar Cássio, falando bem alto ou então ironizando suas habilidades militares; ou então fazendo qualquer outra coisa que você queira e que o momento venha determinar favoravelmente.

RODRIGO
Está bem.

IAGO
Senhor, ele é esquentado e pode lhe bater com o seu cacetete. Provoque-o de modo que ele faça isso. Assim terei um pretexto para fazer o povo cipriota se amotinar, uma vez que ficarão insatisfeitos com ele, e Cássio será demitido. Logo, você fará uma jornada curta até os seus desejos pelos meios que eu irei criar e você terá o impedimento removido, uma vez que sem a remoção dele não haverá expectativas para nossa prosperidade.

RODRIGO
Eu o farei, se você criar uma oportunidade.

IAGO
Prometo que o ajudarei. Encontre-me daqui a pouco na cidadela. Tenho que trazer a bagagem de Otelo do navio. Adeus.

RODRIGO
Adeus.

(*Rodrigo sai*)

IAGO
Acredito muito que Cássio a deseje, e é bem possível que ela o deseje também. Não suporto o Mouro, mas devo admitir que ele é confiável, amoroso, tem uma natureza nobre e creio que ele provará ser um bom marido para Desdêmona. Agora eu a desejo também, não só por luxúria, embora, talvez, eu me sinta responsável por cometer um grande pecado; mas me culpo parcialmente, uma vez que esse "pecado" me leva a alimentar minha vingança, porque suspeito que o Mouro lascivo, à maneira de uma fera, trepou com minha mulher. Esse pensamento, tal qual uma droga venenosa, corrói minhas entranhas e nada irá satisfazer minha alma até que possa ficar quite com ele, esposa por esposa. Agora, se não conseguir fazer isso, deixarei o Mouro tão enciumado, a ponto que nem o bom senso de qualquer pessoa poderá remediá-lo. O que fazer se esse lixo inútil de Veneza, o qual mantenho no cabresto, aguenta o tranco? Eu terei poder sobre Michel Cássio e o difamarei para o Mouro de modo grosseiro e direto — porque temo que Cássio usou minha touca de dormir também.[42] Farei o Mouro me agradecer, ter apreço por mim e me recompensar por fazê-lo um ilustríssimo asno. E conspirarei contra sua paz até levá-lo à loucura. O plano já está aqui na minha mente, mas um tanto confuso. Um plano maligno só é completamente revelado quando posto em prática.

(Iago sai)

---

[42] Dormiu com minha mulher.

Cena II
O mesmo lugar.

(O Arauto de Otelo entra com uma proclamação)

ARAUTO
É o desejo de Otelo, o nosso nobre e corajoso general, após ter sido informado das novidades que agora chegaram, de que a frota turca foi totalmente destruída, convidar todos os homens para celebrar a nossa vitória. Vocês podem comemorar da maneira que quiserem, com danças ou acendendo fogueiras, pois, além dessas boas notícias, ele também está festejando seu casamento. Tamanho é seu deleite que resolveu proclamá-lo oficialmente. Todas as nossas dependências estão abertas ao povo e todos podem festejar a partir de agora, cinco horas, até as onze. Que Deus abençoe a ilha de Chipre e nosso nobre general Otelo!

(O Arauto sai)

Cena III
Um saguão no castelo.

(Otelo, Desdêmona, Cássio e criados entram)

OTELO
Meu bom Michel, encarregue-se da guarda hoje à noite. Sejamos comedidos para que a festa não saia do controle.

CÁSSIO
Iago tem ordens do que fazer. Entretanto, verificarei eu mesmo.

OTELO
Iago é muitíssimo honesto. Boa noite, Michel. Preciso falar com você amanhã, o mais cedo possível. Venha, meu

querido amor. Uma vez feita a compra, seguem-se os frutos,[43] mas esse ganho ainda está por vir entre nós. Boa noite.

(*Otelo e Desdêmona saem com seus serviçais. Iago entra*)

CÁSSIO
Bem-vindo, Iago. Devemos montar guarda.

IAGO
Ainda não, tenente. Não são nem dez horas. Nosso general nos dispensou mais cedo para ficar com Desdêmona. Não podemos censurá-lo por isso. Ele ainda não dormiu com ela, portanto ela ainda é diversão para Júpiter.[44]

CÁSSIO
Ela é realmente uma mulher especial.

IAGO
Garanto que ela é boa na cama também.

CÁSSIO
Realmente, ela é um ser humano belo e doce.

IAGO
Que olhos que ela tem! Cheios de provocação.

CÁSSIO
Olhos convidativos e, no entanto, eles me parecem ser muito dignos.

IAGO
E quando ela fala, sua voz não é um convite ao amor?

---

[43] A cerimônia do casamento acabou, agora ele deve ser consumado. Está escrito na Homilia que o casamento foi instituído por Deus para "trazer frutos", isto é, filhos.

[44] Nas lendas clássicas, Júpiter era tido como um famoso mulherengo.

CÁSSIO
Ela é realmente perfeita.

IAGO
Bem, felicidade aos lençóis deles. Venha, tenente. Tenho cá comigo um frasco de vinho, e esperando lá fora há um grupo de cavalheiros cipriotas desejosos de brindar à saúde do negro Otelo.

CÁSSIO
Não esta noite, bom Iago. Minha cabeça é muito fraca e ruim para bebida. Gostaria que as cortesias sociais inventassem outra forma de hospitalidade.

IAGO
Ah, mas eles são nossos amigos. Só um copo. Eu bebo os outros copos por você.

CÁSSIO
Já bebi um copo esta noite e ele já enfraqueceu as minhas ideias. E veja que confusões está fazendo aqui. Sou infeliz por sofrer dessa enfermidade e não ouso acometer minha fraqueza com mais vinho.

IAGO
O que é isso, homem, esta noite é de comemoração! Os cavalheiros assim a desejam.

CÁSSIO
Onde estão eles?

IAGO
Aqui na porta. Peço-lhe que convide-os a entrar.

CÁSSIO
Assim o farei, mas não gosto disso.

(*Cássio sai*)

IAGO
Se eu conseguir fazê-lo beber mais um copo depois do que ele já bebeu esta noite, ele ficará tão agressivo e pronto para brigar como um cãozinho de estimação de uma jovem senhora.[45] Neste momento, meu fraco e bobo Rodrigo, a quem o amor quase virou do avesso, está enxugando litros de bebida em honra à Desdêmona e está de guarda. Três outros nobres, porém arrogantes, cipriotas, daqueles que se ofendem facilmente, criaturas típicas desta ilha bélica, foram embriagados por mim esta noite e estão de guarda também. Ao meio desse bando de bêbados, envolverei Cássio em alguma ação que o leve a ofender toda a ilha. Aí vêm eles. Se os acontecimentos que se seguem confirmarem meus planos, meu barco velejará livremente, com vento e com corrente.

(*Cássio, Montano e cavalheiros entram, seguidos por criados, com vinho*)

CÁSSIO
Por Deus, eles já me deram um copão de bebida.

MONTANO
Não, acredite, é só um copinho, não mais que meio litro, palavra de soldado.

IAGO
Mais vinho, ei!
(*Ele canta*)

    Vamos brindar,
    Vamos brindar,
    Um soldado é um homem,
    A vida é só desordem
    Então deixe o soldado emborcar.
    Mais vinho, rapazes!

---

[45] Alguns desses cãezinhos são especialmente agressivos.

CÁSSIO
Céus, ótima música!

IAGO
Aprendi na Inglaterra, onde realmente se bebe mais. Os dinamarqueses, os alemães e os holandeses barrigudos — bebam, vamos! — não são nada comparados aos ingleses.

CÁSSIO
Os ingleses bebem mesmo tanto assim?

IAGO
Eles bebem com facilidade uma quantidade que faria os dinamarqueses caírem mortos; eles superam os alemães sem fazer força. E os holandeses já estão vomitando enquanto os ingleses estão pedindo mais um caneco.[46]

---

[46] É interessante notar que, embora Shakespeare tenha escrito peças que aconteceram em outros países, elas foram primeiramente encenadas nos teatros ingleses. Ele pode estar provocando o público no momento em que menciona um costume do povo inglês, esperando grandes risadas da plateia. Por outro lado, Shakespeare podia também estar sendo irônico e dando sua opinião sobre as pessoas que moravam em seu país. Um outro exemplo da intervenção do dramaturgo na peça pode ser visto em *Hamlet*, ato V, cena I. Nessa cena, Hamlet conversa com um coveiro em um cemitério sobre Hamlet, o príncipe da Dinamarca que enlouqueceu e foi mandado para a Inglaterra. É óbvio que o coveiro não sabe que Hamlet é o jovem que está conversando com ele e isso faz com que a cena seja ainda mais humorística. O que o coveiro diz sobre a Inglaterra demonstra, sem sombra de dúvida, a presença do escritor trazendo seu ponto de vista, divertindo a plateia. Shakespeare não quis dizer com isso que Hamlet, embora sendo dinamarquês, representava o povo inglês?

"COVEIRO: O senhor não sabe dizer quando? Qualquer idiota poderia lhe dizer. Foi exatamente no dia que o jovem Hamlet nasceu — aquele que está louco — e foi mandado para a Inglaterra.

CÁSSIO
À saúde do nosso general!

MONTANO
De acordo, tenente. E eu o acompanharei nesse brinde.

IAGO
Ah, doce Inglaterra!
(*Ele canta*)
> Rei Estêvão era um rei de valor
> Suas calças eram de baixo teor
> Mas o alfaiate lhe cobrou em excesso
> E o rei ficou completamente possesso.
> E era um homem de alto escalão,
> Que punha qualquer um no chão
> Mas o orgulho expõe o país, suas mazelas,
> Então se contente com suas roupas velhas.

Mais vinho, ei!

CÁSSIO
Céus, essa canção é ainda melhor do que a outra.

IAGO
Quer ouvi-la de novo?

CÁSSIO
Não, porque não considero merecedor de sua posição aquele que faz essas coisas. Deus está acima de tudo, e há almas que devem ser salvas, enquanto outras não.

HAMLET: Raios, por que ele foi mandado para a Inglaterra?
COVEIRO: Oras, porque ele estava louco. Vai se recuperar lá. Mas, se isso não acontecer, não tem importância.
HAMLET: Por quê?
COVEIRO: Porque ninguém vai perceber que ele é louco. Lá os homens são tão doidos quanto ele."

IAGO
É verdade, bom tenente.

CÁSSIO
De minha parte, sem ofensa ao general ou a qualquer outro. Espero ser salvo.

IAGO
E eu também, tenente.

CÁSSIO
Sim, mas não antes de mim. O tenente tem de ser salvo antes do alferes. Mas chega de bebida, vamos trabalhar. — Deus, perdoe nossos pecados! Cavalheiros, vamos trabalhar. Não acho que esteja bêbado, cavalheiros. Este é meu alferes, esta é minha mão direita, esta é a esquerda. Não estou bêbado agora. Posso ficar de pé e conversar bem.

TODOS
Muito bem.

CÁSSIO
Sim, muito bem, então. Portanto vocês não devem pensar que estou bêbado.

(*Cássio sai*)

MONTANO
Companheiros, vamos à plataforma da artilharia. Vamos, montar guarda.

IAGO
Está vendo, esse camarada que partiu na nossa frente? É um soldado digno de estar ao lado de César e ainda dar ordens. Mas sua fraqueza está para a sua virtude assim como um equinócio.[47] Uma é tão grande quanto a outra. Temo que

---

[47] Durante o equinócio, um dia é dividido em duas metades iguais de escuridão e luz.

a confiança que Otelo depositou nele, em um momento de fraqueza, possa prejudicar a ilha.

MONTANO
Mas ele está sempre assim?

IAGO
O prólogo de seu sono sempre se inicia dessa forma. Ficará acordado dia e noite se a bebida não o embalar em seu repouso.

MONTANO
Seria bom que o general fosse informado sobre isso. Talvez nunca tenha visto, ou talvez sua natureza bondosa valorize a virtude que Cássio parece ter e, dessa forma, não veja os demônios que habitam seu ser. Não é verdade?

(*Rodrigo entra*)

IAGO
(*À parte*) Olá, Rodrigo. Por favor, siga o tenente, vá!

(*Rodrigo sai*)

MONTANO
E é uma grande pena que o nobre Mouro coloque em risco um posto tão importante, o de primeiro assistente de Otelo, com alguém que tenha uma fraqueza tão arraigada. Seria uma atitude correta contar ao Mouro.

IAGO
Eu não, nem por esta bela ilha. Respeito muito Cássio e preferiria fazer tudo para ajudá-lo a se curar desse mal.

(*Uma voz fora de cena grita "Socorro! Socorro!"*)

IAGO
Ora, que barulho é esse?

(Cássio entra perseguindo Rodrigo)

CÁSSIO
Pelas feridas de Cristo! Vilão! Patife!

MONTANO
Qual é o problema, tenente?

CÁSSIO
Um salafrário querendo me ensinar como devo fazer as minhas obrigações? Vou bater nesse patife até transformá-lo numa garrafa de vime.

RODRIGO
Bater em mim?

CÁSSIO
Ainda tagarelando, vagabundo? (*Ele bate em Rodrigo*)

MONTANO
Não, bom tenente! Eu lhe imploro, senhor, contenha suas mãos.

(Ele segura Cássio)

CÁSSIO
Deixe-me ir, senhor, ou lhe arrebento a cabeça.

MONTANO
Ora vamos, ora vamos, você está bêbado.

CÁSSIO
Bêbado?

(Brigam)

IAGO
(*À parte, para Rodrigo*) Vá embora, eu digo. Saia e grite que há um motim.

(*Rodrigo sai*)

IAGO
Não, meu bom tenente! Lembremos da palavra de Deus, cavalheiros! Alô, ajudem! Tenente, senhor Montano... Socorro, ajudem senhores! Eis que um excelente vigia noturno chega!

(*Um sino toca*)

IAGO
Quem está tocando o sino? Diablo![48] A cidade irá amotinar-se! Pela palavra de Deus, tenente, isso vai envergonhá-lo para sempre!

(*Otelo entra com serviçais*)

OTELO
Qual é o problema aqui?

MONTANO
Pelas feridas de Cristo, estou sangrando, fui ferido de morte. Vou matá-lo!

(*Ele ataca Cássio novamente*)

OTELO
Parem, em nome de suas vidas!

IAGO
Parem, vamos! Tenente, senhor Montano, cavalheiros. Vocês perderam todo o senso do decoro, de suas posições sociais e de seus deveres? Parem! O general lhes fala. Parem, que vergonha!

---

[48] Diabo em espanhol. Iago também é um nome espanhol.

OTELO
E agora, vamos! Como tudo isso começou? Nos tornamos selvagens como os turcos e fazemos a nós mesmos as barbaridades que os céus proibiram aos otomanos? Pelo pudor cristão, acabem com essa luta selvagem! Aquele que satisfaz seu próprio ódio valoriza pouco sua alma e morrerá por seu ato. Silenciem aquele sino aterrorizante, ele atemoriza a ilha, lhe removendo a paz natural. Qual é o problema, senhores? Meu bom Iago, você que parece estar morrendo de pesar, fale. Quem começou isso? Em nome da estima que tem por mim, eu lhe ordeno.

IAGO
Não sei. Todos eram amigos até pouco tempo atrás, se divertindo, como noiva e noivo se despindo para ir para cama. Mas depois, agorinha mesmo, como se algum planeta[49] os tivesse enlouquecido, as espadas já estavam desembainhadas, todos estavam lutando, empunhando as espadas contra o peito de cada um, em embate sangrento. Não sei dizer o que possa ter acontecido. Preferiria ter perdido minhas pernas em uma batalha gloriosa a ser parte disto!

OTELO
Como foi, Michel, que você perdeu o controle dessa forma?

CÁSSIO
Por favor, me perdoe, senhor. Não consigo falar.

OTELO
Valoroso Montano, você sempre foi cortês, sério e equilibrado. Todos o respeitam e seu nome é dito com respeito por aqueles que são sábios e têm bom senso. Por que razão você desfaz sua rica reputação e a troca pela fama de um baderneiro noturno? Responda-me.

---

[49] Acreditava-se que os planetas (e a Lua em especial) causavam loucura quando se aproximavam muito da Terra.

MONTANO
Valoroso Otelo, estou ferido gravemente. Seu oficial, Iago, pode lhe informar, já que falar me causa dor. Do pouco que sei, posso afirmar que não cometi nenhum pecado, ao menos que seja um erro alguém se defender quando é atacado.

OTELO
Céus, estou começando a perder o controle e meu estado emocional alterado tenta conduzir-me para além do meu discernimento, que escurece. Se por ventura ajo e levanto este braço, o mais forte dentre vocês há de sentir a reprovação. Deixem-me saber como essa luta vergonhosa começou, quem começou. Seja quem for o culpado, ainda que fosse meu irmão gêmeo, será punido. O quê? Estamos em uma cidade que acabou de evitar uma guerra feroz, os corações das pessoas estão à mercê do medo e vocês se metem em brigas pessoais e domésticas à noite, quando deveriam estar de guarda e provendo segurança? É monstruoso. Iago, quem começou?

MONTANO
Se você for parcial ou aliado daquele que compartilha o mesmo trabalho e disser apenas parte da verdade, então você não é um soldado.

IAGO
Não toque naquilo que é tão caro para mim. Preferiria ter minha língua cortada a ofender Michel Cássio. Mas acho que não irei injustiçá-lo se eu contar a verdade. General: Montano e eu estávamos conversando quando um homem veio correndo, aos gritos, pedindo ajuda, e atrás dele Cássio o perseguindo com uma espada, pronto para matá-lo. Senhor, Montano tentou pará-lo e eu corri atrás do homem que estava gritando, tentando evitar que seus berros assustassem a cidade, como de fato ocorreu. Mas ele escapou a passos rápidos, me deixando para trás, e eu retornei rapidamente, pois já ouvia o tilintar das espadas e Cássio xingando furiosamente, o que, até esta noite, nunca o tinha visto fazer. Quando retornei, o que aconteceu rápido, encontrei-os lutando, aos agarrões, desferindo socos

tal como estavam no momento em que o senhor chegou e os apartou. Mais do que isso não posso dizer. Mas até mesmo os melhores homens às vezes se esquecem que são homens. Embora Cássio tenha agido um pouco errado para com ele, da mesma forma que homens enraivecidos agridem aqueles que são seus amigos, ao mesmo tempo, acredito que Cássio certamente recebeu, daquele homem que fugiu, alguma ofensa que desconheço, que lhe tirou a paciência.

OTELO
Eu sei, Iago, que sua bondade e apreço estão minimizando o problema de modo a pesar menos sobre Cássio. Cássio, eu lhe tenho muito apreço, mas você nunca mais será meu oficial.

(*Desdêmona entra com serviçais*)

OTELO
Veja, você acordou meu doce amor!

OTELO
(*Para Cássio*) Farei de você um exemplo para que os outros aprendam.

DESDÊMONA
Qual é o problema, querido?

OTELO
Tudo está bem, doçura. Volte para a cama. (*Para Montano*) Senhor, serei eu próprio o médico a cuidar de seus ferimentos. Levem-no embora.

(*Montano é carregado para fora*)

OTELO
Iago, cuide da cidade e silencie aqueles que se agitaram com a briga. Venha, Desdêmona, faz parte da vida de um soldado ter seu sono sereno interrompido por conta de brigas.

(*Todos, exceto Cássio e Iago, saem*)

IAGO
Mas então está ferido, tenente?

CÁSSIO
Sim, mas nenhum médico pode me ajudar.

IAGO
Ah. Deus nos livre!

CÁSSIO
Reputação, reputação, reputação! Ah, perdi minha reputação! Perdi a minha parte imortal e o que sobrou é animalesco. Minha reputação, Iago, minha reputação!

IAGO
Sinceramente, pensei que você tivesse sido ferido fisicamente. Sua saúde física é mais importante do que sua reputação. A reputação é uma imposição inútil e falsa, geralmente ganha sem mérito e perdida sem causa justa. Você não perdeu nenhuma reputação, a menos que se repute como um perdedor. Não se preocupe, homem, há outras maneiras de conquistar o general novamente. Por ora você foi rejeitado por causa da raiva dele, uma punição mais política do que por inimizade; como se fosse uma pessoa que batesse em seu cão inofensivo para afugentar um leão imperioso. Peça a ele por seu posto novamente e ele será seu.

CÁSSIO
Preferiria pedir a ele que me desprezasse a permitir que um comandante tão bom quanto ele se iludisse com um oficial tão insignificante, bêbado e imprudente como eu. Bêbado! Tagarelar como um papagaio... bater boca... brigar... xingar... E falar coisas bombásticas e insensatas com a própria sombra! Ah, espírito invisível do vinho, se você ainda não tem um nome para ser chamado, nomeio-o demônio de agora em diante!

IAGO
Quem era a pessoa que você perseguiu com uma espada? O que ele fez a você?

CÁSSIO
Não sei.

IAGO
Isso é possível?

CÁSSIO
Lembro-me de muitas coisas, mas nada de maneira distinta. Uma briga, mas não o motivo. Ah, meu Deus, por que será que os homens põem em suas bocas um inimigo que rouba seus cérebros? De pensar que com a alegria, o prazer, o deleite e o aplauso nos transformamos em bestas!

IAGO
Mas como é possível, você parece bem agora. Como você melhorou?

CÁSSIO
Para satisfazer aos devaneios do diabo da bebedeira que quis dar lugar ao diabo da fúria, uma imperfeição me leva a outra para que eu chegasse a me desprezar sem restrições.

IAGO
Ora vamos, você está sendo duro demais consigo. Considerando o momento, o local e as condições em que esta terra se encontra, eu desejaria, de todo o meu coração, que nada disso tivesse acontecido, mas como aconteceu, conserte em seu próprio benefício.

CÁSSIO
Se pedir a ele meu lugar, ele vai me dizer que sou um bêbado e mesmo que eu tivesse tantas bocas como as da

Hidra,[50] tal resposta calaria todas elas. De pensar que eu era um homem sensato, mas depois me tornei um idiota, e agora um animal! Todo copo em excesso é maldito e o demônio é o principal ingrediente dessa mistura.

IAGO
Ora vamos, um bom vinho é um bom espírito se for bem usado. Não diga mais nada sobre ele. E, meu bom tenente, creio que você saiba que lhe estimo.

CÁSSIO
Já tive provas o suficiente disso. Imagine, eu, bêbado!

IAGO
Qualquer homem pode ficar bêbado às vezes, homem. Vou te dizer o que fazer. A esposa do nosso general é agora o general. Posso falar a respeito disso porque ele tem se devotado e se rendido à contemplação, observação e adoração de suas graças. Abra seu coração a ela. Insista para que ela o ajude a colocá-lo de volta em seu posto. Seu temperamento é tão generoso, gentil, disposto e abençoado que em sua bondade ela considera um vício não fazer mais do que lhe pedem. Peça a ela que cure a fenda aberta entre você e o marido. Aposto tudo o que tenho que sua relação ficará mais forte do que era antes.

CÁSSIO
Você está me dando um bom conselho.

IAGO
Assim afirmo porque o estimo e o respeito.

---

[50] Na mitologia grega, a hidra fora uma serpente d'água de muitas cabeças, morta pelo herói Héracles (Hércules, segundo a denominação romana).

CÁSSIO
Pensarei bem sobre isso e de manhã pedirei a Desdêmona que interceda por mim. Meu destino é o desespero, caso a sorte não o altere.

IAGO
Você está fazendo a coisa certa. Boa noite, tenente. Tenho que fazer a guarda.

CÁSSIO
Boa noite, honesto Iago.

(*Cássio sai*)

IAGO
E agora, quem pode dizer que atuo como o vilão quando meu conselho é franco, verdadeiro e a rota certa para ganhar os favores do Mouro novamente? É muito fácil persuadir a generosa Desdêmona a se engajar em qualquer pedido justo. É da sua constituição ser tão generosa quanto os elementos da natureza.[51] E o Mouro ama tanto que renunciaria ao batismo, a todos os sinais do Cristianismo — religião a qual se converteu — para deixá-la feliz. Sua alma está tão escravizada pelo amor que ela pode fazer, desfazer, fazer o que quiser enquanto seu desejo for deus de sua fraqueza. Como posso ser um vilão em aconselhar Cássio a um caminho que só lhe trará o bem? Teologia do inferno![52] Quando os demônios

---

[51] Acreditava-se que os quatro elementos (terra, ar, fogo, água) representavam um importante papel no comportamento das pessoas. Na presente passagem o que está sendo enfatizado é a espontaneidade e a eficiência dos elementos, e o mais próximo paralelo em Shakespeare é talvez o adeus de Próspero a Ariel em *A Tempestade*, quando o espírito do ar é reintegrado à sua liberdade nativa, "então os elementos estejam livres, e adeus!".

[52] Ensino moral do demônio. Uma alusão à ocasião em que o demônio citou a escritura ao tentar Cristo.

estão prontos para cometer seus mais negros[53] pecados, eles primeiramente se insinuam por meio de aparências celestiais da mesma forma que faço agora.[54] Pois enquanto o ingênuo idiota estiver pedindo a Desdêmona que o ajude a reparar sua boa sorte e ela estiver implorando ao Mouro pelo caso dele, empestearei o ouvido do Mouro contra ela, dando a entender que ela está tentando reintegrar Cássio à sua posição anterior pelo desejo que tem por ele. E quanto mais ela tentar ajudar Cássio, mais ela irá perder seu crédito com o Mouro. Dessa forma transformarei sua virtude em piche, e da sua bondade tecerei a rede para prendê-los.

(*Rodrigo entra*)

IAGO
Olá, Rodrigo! Como está?

RODRIGO
Sigo aqui na perseguição, não como um cão que vai em busca da caça, mas como aquele que só faz barulho na matilha. Meu dinheiro foi quase todo gasto e hoje à noite levei uma grande surra. E a consequência disso tudo é que adquiri mais sabedoria por conta dos meus esforços; e então, sem dinheiro nenhum, porém com um pouco mais de juízo, estou voltando para Veneza.

---

[53] Interessante notar o uso que Shakespeare faz das palavras demônio e negro. Embora usadas em situações diferentes, elas antes de tudo se referem ao Mouro Otelo de uma maneira pejorativa.

[54] Em *Hamlet*, ato I, cena IV, observamos pensamento semelhante em relação às aparições tidas como advindas do céu ou do inferno. No caso de Hamlet, o príncipe questiona a veracidade do fantasma de seu pai ao se dirigir, pela primeira vez, a ele.

"... Seja você um espírito bom ou um demônio pecador, que traz consigo as beatitudes do céu ou o ar pestilento do inferno, sejam suas intenções cruéis ou caridosas, você que vem sob uma aparência tão questionável, falarei com você. Chamar-lhe-ei de 'rei', 'pai', 'dinamarquês real'..." (Tradução minha).

IAGO
Pobres são os homens que não têm paciência! As feridas não cicatrizam lentamente? Você sabe que trabalhamos com nossa inteligência, não com bruxaria. A esperteza depende do tempo. As coisas não estão indo bem? Cássio lhe bateu, mas com esse ferimento você demitiu Cássio. Ainda que outras plantas cresçam vigorosamente quando expostas ao sol, as árvores frutíferas que florescem primeiro irão carregar frutos maduros antes que as outras.[55] Contente-se, por ora. Pela Santa Missa, amanheceu. O prazer e a ação fazem as horas parecerem curtas. Volte para onde você está hospedado e durma um pouco. Vá, você entenderá melhor mais tarde. Ande, vá.

(*Rodrigo sai*)

IAGO
Duas coisas devem ser feitas agora: minha mulher tem que fazer Desdêmona ficar do lado de Cássio. Vou envolvê-la nisso. Quanto a mim, encarrego-me de atrair o Mouro para fora, para que ele chegue exatamente no momento de encontrar Cássio pedindo ajuda a Desdêmona. Sim, esse é o jeito de fazer! Que o plano não se enfraqueça, nem demore a acontecer!

(*Iago sai*)

---

[55] Embora outros lutem para possuir Desdêmona, nós conseguiremos fazer com que nossos planos frutifiquem.

Terceiro ato

Cena I
Diante do castelo.

(*Cássio entra com alguns músicos e o Bobo*)

CÁSSIO
Músicos, toquem aqui que eu lhes pago. Toquem algo curto, uma homenagem ao dono da casa, algo como "Bom dia, general".

(*Os músicos tocam. O Bobo entra*)

BOBO
Senhores, seus instrumentos estiveram em Nápoles? Eles falam pelo nariz.[56]

---

[56] Acreditava-se que os habitantes de Nápoles falavam de maneira estridente e anasalada. Por outro lado, Nápoles era considerado um lugar promissor à contração de sífilis, que poderia devorar algumas partes do corpo de uma pessoa. Nesse diálogo específico, o trocadilho é com tocar a gaita de fole e fazer sexo oral, uma vez que a sífilis pode devorar a parte externa do nariz. Em um estágio mais avançado, a doença poderia acometer a parte interna do nariz, o que daria aos sons humanos um som anasalado semelhante ao dos instrumentos de sopro. Por outro lado, esse som anasalado poderia se referir também às gaitas de fole. Na fala mais adiante, o bobo se refere a instrumentos de sopro dizendo que eles estão cheios de vento, indicando que o instrumento de sopro está próximo ao "quebrador de vento ou de gases", ou ânus, que se situa perto da cauda (*tail*) do instrumento, e *tail*, no inglês elisabetano corriqueiro, era uma palavra coloquial para pênis. Vemos aqui variados trocadilhos chulos que derivam dos instrumentos de sopro.

MÚSICO
Como é? O que disse?

BOBO
Pergunto-lhes se esses instrumentos são de sopro.

MÚSICO
Sim, são, senhor.

BOBO
Ah, então tem rabo aí.[57]

MÚSICO
Da onde sai o rabo, senhor?

BOBO
Ora, senhor, de muitos instrumentos de sopro que conheço. Mas aqui tenho dinheiro para os senhores músicos. O general aprecia tanto sua música, pela graça de Deus, que deseja que os senhores não façam mais barulho com ela.

MÚSICO
Bem, senhor, não faremos.

BOBO
Se os senhores tiverem uma música que não possa ser ouvida então toquem-na. O general, como dizem, realmente não se interessa por sua música.

MÚSICO
Não temos esse tipo de música, senhor.

---

[57] Jogo de palavras com *tail* e *tale*, palavras que têm o mesmo som, mas significados diferentes. *Tail*, cauda, indica o longo instrumento de sopro, a gaita de fole, bem como o pênis, enquanto que *tale* é uma história. Preferimos manter o sentido original e explicá-lo em notas, uma vez que achamos difícil repetir o mesmo jogo em língua portuguesa.

BOBO
Então ponham suas gaitas na sacola e vão embora. Andem, desapareçam! Fora!

(Os músicos saem)

CÁSSIO
Está me ouvindo, meu honesto amigo?

BOBO
Não, não estou ouvindo seu honesto amigo, estou ouvindo o senhor.

CÁSSIO
Por favor, não brinque. Tome esta moeda de ouro. Quando a mulher que serve à esposa do general estiver acordada, faça o favor de dizer a ela que Cássio precisa lhe falar. Você faz isso para mim?

BOBO
Acordada ela está, senhor. Se ela quiser se acordar mais aqui, eu a notificarei.[58]

(O Bobo sai)

(Iago entra)

CÁSSIO
Faça-o, meu bom amigo. Que sorte encontrá-lo, Iago.

IAGO
Mas então o senhor não foi para cama?

---

[58] O sentido aqui é duplo e sugere que ela esteja acordada na cama fazendo amor e que pode fazê-lo fora de sua cama, com outros. Ou seja, ele pode estar querendo chamá-la de prostituta.

CÁSSIO
Ora, não. Já havia amanhecido antes de nos separarmos. Tive o atrevimento de pedir à sua esposa que ela encontre alguma forma de eu ter acesso à virtuosa Desdêmona.

IAGO
Eu a enviarei ao senhor agora. E pensarei num plano para tirar o Mouro do caminho para que possam conversar e tratar de seu assunto mais à vontade.

CÁSSIO
Humildemente lhe agradeço por isso.

(*Iago sai*)

CÁSSIO
Nunca conheci um florentino mais gentil e honesto do que ele.[59]

(*Emília entra*)

EMÍLIA
Bom dia, caro tenente. Sinto muito pelo que aconteceu, mas tenho certeza que tudo ficará bem. O general e sua esposa estão discutindo o assunto neste momento e ela o defende muito. O Mouro responde que aquele que o senhor feriu é importante em Chipre e tem muita influência, portanto o bom senso dita que ele não pode aceitá-lo de volta. Mas ele afirma que tem muito apreço pelo senhor e diz que não há melhor requerente do que os sentimentos dele pelo senhor; desse modo, está procurando a oportunidade exata para trazê-lo de volta.

---

[59] Os cidadãos de Florença não eram conhecidos por serem gentis e honestos, porém Cássio parece não estar ciente da má reputação de Florença.

CÁSSIO
Mesmo assim lhe imploro, se considerar conveniente, ou se isso puder ser feito, que me deixe falar um pouco com Desdêmona a sós.

EMÍLIA
Por favor, entre. Providenciarei um lugar onde possam conversar à vontade.

CÁSSIO
Lhe agradeço muitíssimo.

(*Saem*)

CENA II

(*Otelo, Iago e outros cavalheiros entram*)

OTELO
Iago, dê estas cartas ao piloto do navio e peça a ele que envie meus cumprimentos ao senado. Isso feito, vou caminhar pela fortificação. Encontre-me lá quando voltar.

IAGO
Bem, assim o farei, meu senhor.

OTELO
Vamos ver a fortificação, cavalheiros?

CAVALHEIROS
Estamos às suas ordens, senhor.

(*Saem*)

Cena III
No mesmo local.

(*Desdêmona, Cássio e Emília entram*)

DESDÊMONA
Esteja certo de que eu farei tudo o que puder para ajudá-lo.

EMÍLIA
Por favor, faça-o, minha boa senhora. Garanto que meu marido também está preocupado com o assunto como se fosse seu próprio problema.

DESDÊMONA
Ah, seu marido é um homem de bem. Não duvide, Cássio, farei com que você e meu marido se tornem amigos como antes.

CÁSSIO
Bondosa senhora, aconteça o que acontecer a Michel Cássio, ele sempre será seu leal criado.

DESDÊMONA
Sei disso e lhe agradeço. Você tem afeição ao meu marido e o conhece há tempos. Eu lhe asseguro que o único motivo que o mantém distante de você agora é político.

CÁSSIO
Sim, minha senhora, mas esse problema de ordem política pode durar tanto, mal alimentado por uma dieta magra e aguada, então se dispersar nos acontecimentos e necessidades do dia a dia, que, estando eu ausente e meu posto ocupado, meu general esquecerá a minha dedicação e serviço.

DESDÊMONA
Não tenha medo. Emília, aqui presente, será minha testemunha. Prometo que você terá seu posto de volta. Eu lhe garanto que quando prometo ajudar alguém, por dedicar-lhe

amizade, faço tudo o que posso. Meu senhor não terá um momento de descanso. Eu farei com que ele fique mais manso e eu o manterei acordado à noite falando sobre você até que ele perca a paciência. Sua cama será uma escola e sua mesa, um confessionário. Trarei seu nome a todo momento, colocando o pedido de Cássio em tudo o que ele faça. Portanto alegre-se, Cássio, pois a sua advogada preferirá morrer a desistir desta causa.

(*Otelo e Iago entram*)

EMÍLIA
Senhora, meu amo está chegando.

CÁSSIO
Senhora, é melhor eu ir agora.

DESDÊMONA
Não, fique para me ouvir falar.

CÁSSIO
Senhora, agora não. Sinto-me constrangido e inadequado para com meus próprios propósitos.

DESDÊMONA
Bem, faça o que achar melhor.

(*Cássio sai*)

IAGO
Ah, eu não gosto disso.

OTELO
O que você disse?

IAGO
Nada, senhor, ou se disse, não sei o quê.

OTELO
Não foi Cássio que se despediu de minha esposa?

IAGO
Cássio, senhor? Não, certamente não, não posso imaginar uma coisa dessas, que ele sairia esgueirando-se, com ar tão culpado ao vê-lo chegar.

OTELO
Acredito que era ele.

DESDÊMONA
Ah, senhor... Estava falando com um suplicante ainda há pouco, um homem que sofre com seu descrédito.

OTELO
De quem está falando?

DESDÊMONA
Oras, de seu tenente Cássio. Meu bom senhor, se tenho algum poder sobre você ou mérito de sua parte, por favor, reconcilie-se com ele imediatamente. Pois ele lhe tem sincero afeto e errou por ignorância e não por maldade. Nunca condeno um rosto honrado. Peço-lhe, chame-o de volta.

OTELO
Foi ele que saiu agora pouco?

DESDÊMONA
Sim. Ele se sente tão mal e humilhado que deixou parte de sua dor comigo para eu sofrer também. Amor, chame-o de volta.

OTELO
Agora não, doce Desdêmona. Uma outra hora.

DESDÊMONA
Mas será logo?

OTELO
Muito em breve, amor, por você.

DESDÊMONA
Hoje à noite, ao jantar?

OTELO
Não, não hoje à noite.

DESDÊMONA
Amanhã durante o almoço então?

OTELO
Não vou almoçar em casa. Vou me encontrar com os capitães na cidadela.

DESDÊMONA
Bem, então amanhã à noite ou na terça pela manhã. Ou na terça na hora do almoço, ou à noite, ou na quarta pela manhã. Peço-lhe que marque uma hora, mas não demore mais de três dias. Eu lhe asseguro que ele está arrependido. E, a bem da verdade, segundo nosso senso comum, seu erro nem chegou a merecer punição, embora em tempos de guerra faz-se necessário, por vezes, punir seus melhores soldados para dar exemplos aos outros. Quando ele pode vir? Não consigo imaginar algo que você me pedisse e eu lhe negasse ou hesitasse tanto. Quando você me cortejava, Michel Cássio, que o acompanhava, sempre o defendeu muitas vezes quando eu o criticava. E agora devo insistir tanto para trazê-lo de volta ao seu posto? Pela Virgem Maria eu poderia fazer tanto...

OTELO
Peço-lhe, basta. Que ele venha quando quiser, não negarei nada a você.

DESDÊMONA
Oras, não aja como se estivesse me fazendo um favor. É como se eu lhe pedisse para usar suas luvas,[60] ou que se alimentasse de pratos nutritivos, ou que se mantivesse aquecido, ou se implorasse que fizesse algo que fosse bom para você mesmo. Não, se alguma vez eu quiser lhe pedir algo, com que eu queira realmente testar o seu amor, será algo muito sério e pesado, e terrível de ser atendido.

OTELO
Não lhe negarei nada. Mas só lhe peço que me deixe só comigo um pouco.

DESDÊMONA
Alguma vez lhe negarei alguma coisa? Não. Adeus, senhor.

OTELO
Adeus, Desdêmona. Voltarei prontamente.

DESDÊMONA
Venha, Emília. Faça o que sua mente orientar. Seja o que for, eu obedeço.

(*Desdêmona e Emília saem*)

OTELO
Minha tola maravilhosa! A maldição consumiria a minha alma se eu não a amasse. Mas eu a amo! E, se um dia deixar de amar, o caos retornará.

IAGO
Meu nobre senhor...

---

[60] As luvas eram usadas por aqueles que tinham uma boa situação e representavam um sinal da importância dessas pessoas.

OTELO
O que é, Iago?

IAGO
Michel Cássio sabia de seu amor quando o senhor cortejava Desdêmona?

OTELO
Ele sabia do início ao fim. Por que me pergunta isso?

IAGO
Só estava curioso. Nada de mal.

OTELO
Por que estava curioso?

IAGO
Não sabia que ele a conhecia.

OTELO
Ah, sim, e foi nosso mensageiro muitas vezes.

IAGO
É mesmo?

OTELO
É mesmo? Sim, é mesmo. Você vê algo errado nisso? Cássio não é um homem honesto?

IAGO
Honesto, senhor?

OTELO
Honesto, sim, confiável.

IAGO
Senhor, até onde eu sei...

OTELO
O que está pensando?

IAGO
Pensando, senhor?

OTELO
"Pensando, senhor?" Céus, você parece um eco repetindo tudo o que eu digo, como se existisse em seu pensamento um monstro, horrendo demais para ser mostrado. Essa atitude significa algo. Ouvi você dizer ainda agora que não gostou quando Cássio se despediu de minha esposa. Do que não gostou? E quando eu lhe disse que ele era de minha confiança, pois esteve envolvido durante todo o tempo quando eu cortejava Desdêmona, você gritou "é mesmo"? E aí você ficou sério e franziu a testa como se algo terrível estivesse preso em seu pensamento. Se você realmente tem estima por mim, diga-me o que está pensando.

IAGO
Senhor, sabe que o estimo.

OTELO
Acredito que sim. E, até onde sei, você é pleno de amor e honestidade, e pesa as palavras antes de dar-lhes vida com seu hálito. Por isso, essas suas pausas muito me assustam. Se um homem falso e desleal agisse dessa maneira, não me importaria, mas, quando um homem honrado assim o faz, ele luta com os maus pensamentos provenientes do coração, pensamentos estes incontroláveis.

IAGO
Quanto a Michel Cássio, juro, acho que ele é confiável.

OTELO
Eu também acho.

IAGO
Os homens deveriam ser o que parecem ser. Se eles não o são, eles não deveriam parecer como se o fossem!

OTELO
Exatamente, os homens deveriam ser o que parecem.

IAGO
Ora, nesse caso, acho que Cássio é um homem honrado.

OTELO
Não, há algo mais aí. Imploro-lhe que me diga o que está pensando, e dê aos seus piores pensamentos suas piores palavras.

IAGO
Sinto muito, senhor. Embora preso aos atos do dever, não estou preso ao dever de revelar meu pensamento, quando até mesmo escravos gozam dessa liberdade. E se eles forem terríveis e errados? Coisas terríveis não entram por vezes à força num palácio? Quem tem o coração tão puro a ponto de nunca ter permitido que pensamentos impuros penetrassem o recinto do ser e tivessem que os julgar da mesma forma que homens desonestos e magistrados valorosos se encontram em julgamento?

OTELO
Você conspira contra seu amigo, Iago, se você acha que ele foi desonrado e deixa-lhe os ouvidos distantes do seu pensamento.

IAGO
Eu imploro que não me peça isso, pois eu poderia estar errado. (Confesso que tenho a maldita tendência de suspeitar das pessoas e espionar seus erros, e minhas suspeitas geralmente fazem com que eu imagine falhas inexistentes.) Desejaria que seu bom senso não reparasse nas especulações equivocadas de alguém como eu, nem criasse um problema advindo de

uma observação incerta e fragmentada. Nem pela minha virilidade, nem pela minha honradez, nem por todo meu bom senso permitirei que conheça meus pensamentos.

OTELO
Pelas chagas de Cristo, o que você quer dizer?

IAGO
Uma boa reputação é a joia pessoal mais importante para todos nós, homens e mulheres. Aquele que rouba minha bolsa rouba lixo. Ela é alguma coisa, mas não é nada também. Ela foi minha, dele e foi possuída por vários. Porém, aquele que se apodera de meu bom nome rouba algo que não o faz mais rico, mas me faz realmente pobre.

OTELO
Por Deus, vou descobrir o que você está pensando!

IAGO
O senhor não poderia descobrir nem se meu coração estivesse em suas mãos. Enquanto meu coração estiver sob minha custódia, o senhor jamais saberá.

OTELO
Ah!

IAGO
Cuidado com o ciúme, senhor! É um monstro de olhos verdes que debocha das vítimas das quais se alimenta. O corno vive feliz, pois, certo de seu destino, não é amigo daquele que o desonra. Mas ah, quantos minutos malditos somam pesadamente sobre aquele que se desconcerta, porém duvida — suspeita, mas mesmo assim ama intensamente!

OTELO
Ah, que miséria!

IAGO
A pessoa que é pobre mas agradável é rica e rica o bastante. No entanto, riquezas ilimitadas são tão pobres como o inverno para uma pessoa que sempre teme ser pobre. Bom Deus, que as forças eternas defendam nossos janotas do ciúme!

OTELO
Por quê? Por que você diz isso? Acha que eu teria uma vida de ciúme seguindo sempre as mudanças da lua, cheio de suspeitas? Não! Se alguma vez suspeitar de algo, vou querer descobrir a verdade imediatamente. Tome-me por um bode se alguma vez transformar os assuntos de minha alma em ideias tão infladas quanto as suspeitas que você sugere. Para provocar ciúmes não basta dizer que minha esposa é bela, sociável e gosta de companhia, tem fala franca, canta, toca, dança... Enfim, é virtuosa, apesar de esconder uma alma abominável. Dos meus poucos méritos não extrairei suspeita ou dúvida do seu pecado, pois ela tem olhos e me escolheu. Não, Iago, vou ter que ver antes de duvidar, quando duvidar buscarei provas e, se houver provas, apenas isto: adeus amor e ciúme!

IAGO
Alegro-me ao ouvir isso, pois agora terei razões para demonstrar-lhe minha lealdade e dedicação para com o senhor com meu espírito mais franco. Portanto, como é o meu dever dizer-lhe, receba estas palavras de mim. Não falo de provas ainda. Observe sua esposa. Observe-a bem com Cássio. Dispa seus olhos então: não suspeite nem confie plenamente. Não gostaria que tirassem vantagem de sua natureza aberta, nobre e generosa. Tome cuidado! Conheço bem os hábitos de nosso país. Em Veneza, elas deixam Deus ver seus escândalos que não ousam mostrar aos seus maridos. Nas suas noções de moralidade, o importante não é fazer, mas esconder.

OTELO
É isso o que você tem a me dizer?

IAGO
Ela enganou seu pai quando se casou com o senhor. E quando ela parecia tremer de medo de sua aparência, ela o amou ainda mais.

OTELO
E amou mesmo.

IAGO
Então! Ela era tão jovem, mas selou os olhos de seu pai tão bem que o deixou cego, sem conseguir ao menos enxergar um grão de carvalho. Ele até pensou que fosse bruxaria! Mas eu o ofendo com o que lhe digo e peço que me perdoe por tudo isso, mas o fiz porque lhe tenho muito apreço e afeto.

OTELO
Sou-lhe agradecido para sempre.

IAGO
Percebo que isso abateu um pouco seus sentimentos.

OTELO
Nem um pouco, nem um pouco.

IAGO
Acredite em mim, temo que sim. Espero que se lembre que eu disse tudo isso porque lhe estimo. Mas vejo que está perturbado. Peço-lhe que não leve tudo o que lhe disse mais a sério do que realmente deveria ser levado.

OTELO
Não o farei.

IAGO
Se o fizer, o que lhe disse terá efeitos nocivos que eu não gostaria que tivesse. Cássio é um valoroso amigo. Senhor, vejo que está perturbado.

OTELO
Não, não muito. Tenho certeza de que Desdêmona é honesta.

IAGO
Longa vida à ela e ao senhor por pensar assim.

OTELO
Embora a natureza possa errar...

IAGO
Sim, esse é o ponto aonde estou querendo chegar. Sendo franco com o senhor, ela afastou-se de sua natureza ao não aceitar jovens de seu país, de sua cor de pele, de sua condição social e de tudo o mais que sua natureza poderia lhe ter atraído. Nojento! Pode-se mesmo sentir o cheiro dos desejos obscuros ocultos na depravação, os pensamentos antinaturais. Mas, perdoe-me, não estou em posição para falar dela dessa forma, embora tema que seus desejos possam retornar à sua natureza e compará-lo desfavoravelmente àqueles homens de seu país.

OTELO
Adeus, adeus. Se você vir algo mais, me avise. Mande sua mulher observá-la. Deixe-me só agora, Iago.

IAGO
Senhor, adeus. (*Começando a sair*)

OTELO
Por que me casei? Essa honrada criatura, sem dúvida, vê e sabe mais, muito mais do que revela.

IAGO
(*Retornando*) Senhor, eu gostaria de poder persuadi-lo a não pensar mais nisso. Dê tempo ao tempo. Embora Cássio mereça ter seu posto de volta, pois ele é muito capaz, se achar melhor, mantenha-o afastado por um tempo e observe suas

intenções. Repare se sua esposa insiste que o senhor o traga de volta sempre que tiver a oportunidade de fazê-lo. Muito pode ser analisado por meio disso. Nesse meio-tempo, acredite apenas que estou exagerando nos meus temores (apesar de recear ter uma causa justa para temer) e a considere inocente, eu suplico ao Senhor.

OTELO
Não se importe com meu julgamento.

IAGO
Parto uma vez mais.

(*Iago sai*)

OTELO
Esse homem é extremamente honesto e tem grande conhecimento sobre o comportamento humano. Se eu realmente provar que ela é tão selvagem como o falcão, eu a mandarei embora e mesmo com as cordas atadas ao meu peito eu a soltaria para caçar contra o vento conforme seu destino. Talvez por ser negro e não ter o traquejo esperado de um cortesão, ou por estar adentrando no vale dos anos, embora nem tanto... Ela me traiu, fui enganado e não tenho outra escolha senão odiá-la. Ah, o casamento é uma maldição, pois acreditamos que essas delicadas criaturas são nossas, mas não podemos governar seus apetites! Antes ser um sapo[61] e viver dos odores fétidos de uma masmorra a ter que dividir um cantinho do que amo com os outros. Entretanto, essa é a praga de difícil escape dos traídos, os grandes homens. É um destino inevitável como a morte. Essa praga de cornos já nos é destinada quando nascemos. Mas veja, aí vem ela.

(*Desdêmona e Emília entram*)

---

[61] O sapo era um símbolo reconhecido como desprezível e detestável.

OTELO
Se ela é falsa, ah, então o céu zomba de si mesmo. Não acreditarei nele.

DESDÊMONA
O que está acontecendo, querido Otelo? Os nobres cipriotas que você convidou para o jantar estão esperando por você.

OTELO
Censuro-me por isso.

DESDÊMONA
Por que você está sussurrando? Não está bem?

OTELO
Estou com uma dor de cabeça bem aqui na testa.[62]

DESDÊMONA
Ora, isso é por não dormir bem. Vai passar. Deixe-me atar sua cabeça fortemente e você se sentirá bem em uma hora.

OTELO
Seu lenço é muito pequeno.
(*Ele empurra o lenço para longe e ele cai*)
Deixe ele lá. Venha, irei com você.

DESDÊMONA
Lamento muito que você não esteja bem.

(*Otelo e Desdêmona saem*)

---

[62] Nos dias de Shakespeare, assim como é hoje, cornos, ou homens que eram traídos por suas mulheres, eram imaginados com chifres crescendo em suas cabeças. Otelo faz alusão a eles.

EMÍLIA
(*Apanhando o lenço*) Estou feliz que encontrei este lenço. Foi o primeiro que ela ganhou do Mouro. Meu volúvel marido me pediu, cheio de galanteios, que o roubasse uma centena de vezes. Mas ela ama a lembrança (uma vez que o Mouro lhe instruiu solenemente que deveria sempre levá-la consigo). Ela o mantém sempre consigo e o beija e fala com ele. Vou copiar o desenho do bordado e dá-lo para Iago. Só os céus sabem o que ele fará com o lenço. Faço isso apenas para satisfazer seu capricho.

(*Iago entra*)

IAGO
Olá! O que está fazendo aqui sozinha?

EMÍLIA
Não brigue comigo. Tenho uma coisa para você.

IAGO
Você tem uma coisa para mim? É uma coisa comum...[63]

EMÍLIA
O quê?

IAGO
Ter uma esposa tola.

EMÍLIA
Ah, e isso é tudo? O que você me dá por aquele lenço?

IAGO
Que lenço?

---

[63] *Thing*, "coisa", era uma palavra elisabetana que também significava vagina. Ao dizer que a coisa de Emília é comum, Iago sugere que ela permite que todos façam sexo com ela.

EMÍLIA
Aquele que o Mouro deu para Desdêmona e que você sempre me pede para roubar.

IAGO
Você o roubou dela?

EMÍLIA
Não, mas ela o deixou cair por acidente e, por sorte, eu, estando aqui, o peguei. Veja, está aqui.

EMÍLIA
Boa menina, me dê o lenço.

EMÍLIA
O que vai fazer com ele? Você anda tão ansioso me pedindo que o pegue.

IAGO
(*Iago arranca o lenço dela*) Mas o que você tem com isso?

EMÍLIA
Se não for por um motivo importante, devolva-o. Pobre dama, vai enlouquecer quando der falta dele.

IAGO
Não admita saber nada sobre ele. Tenho uso para ele. Vá, deixe-me só.

(*Emília sai*)

IAGO
Vou "perder" este lenço no alojamento de Cássio e deixar que ele o encontre. Para um homem ciumento, uma coisa pequena como esta, leve como o ar, é uma confirmação tão sagrada quanto as sagradas Escrituras. Este lenço pode ser útil. O Mouro já está mudando de ideia com meu veneno. Ideias perigosas são, por natureza, como veneno. No início

elas raramente desagradam o paladar, mas, quando finalmente entram no sangue, queimam como as regiões infernais.

(*Otelo entra*)

IAGO
Eu não disse? Aí vem ele. Nenhum ópio, nem a mandrágora,[64] tampouco todos os indutores de sono do mundo irão servir de medicamento para lhe restituir o sono que ontem possuía.

OTELO
Ha, ha! Ela está me enganando?

IAGO
Ah, general. Chega desse assunto!

OTELO
Anda, vá embora! Você me colocou no banco da tortura,[65] uma vez que me torturou com aqueles pensamentos. Juro que é melhor ser traído por completo do que suspeitar um pouco.

IAGO
O que está dizendo agora, senhor?

OTELO
Não tinha ideia que ela me traía. Nunca vi ou suspeitei, então não me feria. Dormia bem noite após noite, comia

---

[64] Mandrágora: Planta narcótica da qual se extraía um suco, da mesma forma que se extraía do ópio, e ambos podiam ser ingeridos.

[65] Banco da tortura: Conhecido por vários outros nomes, como "cavalo jovem", "escada", "armação", "prateleira", tal instrumento de tortura era terrível, pois quebrou incontáveis prisioneiros. A vítima era amarrada em uma tábua pelos seus tornozelos e pulsos. Os cilindros nos topos da tábua seriam então rodados, puxando o corpo em direções opostas, o que resultava em graves, e muitas vezes irreversíveis, lesões nas rótulas e ossos.

bem e era feliz. Nunca vi os beijos de Cássio em seus lábios. Aquele que foi roubado, mas não viu que foi roubado, não foi roubado!

IAGO
Sinto ouvir isso.

OTELO
Estaria satisfeito se todo o exército, cavadores de trincheiras[66] e todos os outros tivessem provado seu doce corpo, desde que eu não soubesse de nada. Ah, e agora, para sempre, adeus à paz de espírito! Adeus ao prazer! Adeus às tropas de plumas nos chapéus e às guerras que fazem da ambição uma virtude. Ah, adeus! Adeus ao corcel relinchante e à trombeta estridente, ao tambor que levanta os ânimos, ao pífano que penetra nos ouvidos. Adeus à bandeira real, e a todos seus atributos. Adeus ao orgulho, à pompa e às formalidades da guerra gloriosa! E ah, canhões mortais, cujas gargantas ferozes imitam os imortais trovões aterrorizantes de Júpiter, adeus! A carreira de Otelo se acabou!

IAGO
Será possível, senhor?

OTELO
Vilão, é bom provar que meu amor é uma libertina! Certifique-se disso. Dê-me prova ocular. Caso contrário, pela minha alma imortal, melhor seria ter nascido um cão a ter que despertar a minha ira.

IAGO
A coisa chegou a esse ponto?

---

[66] Uma das formas mais baixas de trabalho militar.

OTELO
Mostre-me ou pelo menos prove. Que sobre essa prova não recaia sequer um fio de dúvida. Ah, que a desgraça desça sobre sua vida!

IAGO
Nobre senhor...

OTELO
Se você a estiver difamando ou me torturando, não adianta mais fazer orações pedindo clemência. Abandone todo o remorso. No ponto mais alto do horror, mais horrores se acumulam. Comete atos que fazem os céus chorarem, que fazem a terra toda ficar pasma de espanto. Você poderia cometer o pior dos crimes, porém nada seria pior do que esse.

IAGO
Ah, Vossa Graça, Ah, céus, me perdoem! O senhor é um homem? Acaso o senhor tem uma alma ou bom senso? Adeus! Tire-me de meu emprego. Ah, sou um pobre idiota que leva a honestidade tão longe que ela o prejudica! Mundo horrível em que vivemos! Anote bem, anote bem, mundo. Ser franco e honesto não é seguro. Agradeço-lhe por ter me ensinado esta lição. De agora em diante, nunca mais me afeiçoarei a nenhum amigo, já que o afeto produz tamanho mal.

OTELO
Não, fique. Você deve ser honesto.

IAGO
Eu deveria ser sábio, pois a honestidade é tola e faz com que se perca aquilo pelo que se esforça em manter.

OTELO
Por Deus, eu pensava que minha esposa era honesta e agora acho que não é. Uma hora penso que você é confiável, depois não mais. Preciso de provas. Meu nome, que era tão

luminoso quanto a face de Diana,[67] está agora sujo e negro como a minha própria face. Se houver cordas ou facas, veneno ou fogo, ou correntes sufocantes, não suportarei mais isto. Quero informações sobre a verdade![68]

IAGO
Senhor, percebo que o senhor está consumido pela paixão e me arrependo por ter falado. Gostaria de uma prova?

OTELO
Gostaria? Não, eu quero.

IAGO
E pode. Mas como? Como ficará satisfeito, senhor? Ficará embasbacado a observá-la sendo coberta pelo outro?[69]

OTELO
Morte e maldição! Ah!

IAGO
Penso que seria uma empreitada improdutiva levá-los a essa cena. Que sejam malditos os olhos mortais que alguma vez os virem deitados! Como agir então? Como fazê-lo? O que devo dizer-lhe? Como tirar a dúvida? Seria impossível levá-lo a observá-los, quando eles estivessem tão libidinosos como bode e cabra, tão excitados como macacos, tão lascivos como lobos no cio, tão estúpidos quanto bêbados. Mas ainda assim digo que, se estiver disposto a aceitar esse tipo poderoso de evidência circunstancial, que o levará à porta da verdade, poderemos consegui-la.

---

[67] Diana (Ártemis em grego) era a deusa romana da castidade e da lua.

[68] Ao se referir a instrumentos de morte, Otelo insinua que quer cometer suicídio ou assassinato.

[69] O sexo nesta peça traz um sentido grosseiro, animal. A ovelha é coberta, assim como o é Desdêmona.

OTELO
Dê-me uma razão para a deslealdade dela.

IAGO
Não gosto desse ofício. Mas, como já me envolvi tanto nesse assunto por ser estupidamente honesto e lhe ter apreço, vou em frente. Recentemente dividi uma cama com Cássio e não consegui dormir por causa de uma terrível dor de dente. Existem pessoas de natureza indiscreta que falam sobre seus casos durante o sono. Cássio é uma dessas. Durante o sono, escutei-o dizer: "Doce Desdêmona, sejamos cuidadosos, vamos esconder nosso amor". E então, senhor, ele agarrou minha mão e gritou: "Ah, doce criatura!". E depois me beijou tão forte como se estivesse tentando arrancar pela raiz beijos que cresciam nos meus lábios. Aí ele pôs sua perna sobre a minha coxa e suspirou, me beijou e depois gritou: "Maldito destino que a entregou para o Mouro".

OTELO
Ah, monstruoso! Monstruoso!

IAGO
Mas foi só um sonho.

OTELO
Mas indica praticamente uma certeza.

IAGO
É uma suspeita cruel, ainda que sonho. Porém serve para dar mais consistência a provas tênues.

OTELO
Vou fazê-la em pedaços!

IAGO
Não, seja sábio. Como não vimos nada, ainda é possível que ela seja honesta. Diga-me apenas mais uma coisa. O senhor já a viu segurando um lenço com um bordado de morangos?

OTELO
Sim, eu a dei um. Foi meu primeiro presente.

IAGO
Não sei nada a esse respeito, mas eu vi o tal lenço hoje...
Tenho certeza que ele pertence à sua esposa, e eu vi Cássio
enxugar sua barba com ele.

OTELO
Se for aquele lenço...

IAGO
Se for aquele ou qualquer outro dela, então as outras
provas são evidência contra ela.

OTELO
Ah, tivesse a vilã quarenta mil vidas, uma seria pouco para
minha vingança! Agora vejo que é verdade. Preste atenção,
Iago. Todo o meu tolo amor acaba de ser levado pelo vento
para os céus agora. Apareça, negra vingança, das profundezas
do inferno! Amor, ceda a sua coroa e doce trono ao ódio cruel!
Que meu coração se encha de cobras venenosas!

IAGO
Acalme-se...

OTELO
Ah, sangue, sangue, sangue![70]

IAGO
Eu insisto, paciência. O senhor pode mudar de ideia.

OTELO
Nunca, Iago. Assim como o Mar Pôntico, cuja corrente
gelada e curso compulsivo nunca reflui, mas se mantém fiel

---

[70] Sangue traz o duplo sentido de morte e de paixão carnal.

em seu curso fluindo até o Mar de Mármara e o Estreito de Dardanelos, da mesma forma, meus pensamentos sanguinários fluem num ritmo violento e nunca olharão para trás, nunca refluirão para o amor civilizado, até o momento que uma vingança ampla e irrestrita os engula. Sob esse céu iluminado e com toda a reverência própria do momento, empenho meu voto sagrado com a minha palavra.

IAGO
Não se levante ainda.

(*Se ajoelha*)

IAGO
Testemunhem, oh, luzes que queimam eternamente no céu, elementos que nos envolvem e nos circundam, testemunhem que aqui, neste momento, Iago renuncia sua inteligência, suas mãos, seu coração, a serviço do desonrado Otelo. Que ele comande. Não obedecer seus comandos será uma punição, por mais sanguinários que sejam.

OTELO
Aceito sua dedicação não com um vago agradecimento, mas de coração aberto e já pondo-o à prova. Dentro de três dias quero ouvir você me dizer que Cássio não vive mais.

IAGO
Meu amigo está morto, já está feito, a seu pedido. Mas deixe-a viver.

OTELO
Maldita seja ela, libertina lasciva! Ah, maldita seja ela! Maldita seja ela! Venha comigo separadamente dos outros. Vou me retirar para imaginar meios rápidos de matar aquele belo demônio. Agora você é meu tenente.

IAGO
Serei seu para sempre.[71]

(*Saem*)

Cena IV
No mesmo lugar.

(*Desdêmona, Emília e o Bobo entram*)

DESDÊMONA
O senhor sabe onde o tenente Cássio dorme?[72]

BOBO
Sequer ouso dizer onde ele adormece suas mentiras.

DESDÊMONA
Por que, homem?

BOBO
Ele é um soldado e, se uma pessoa diz que um soldado mente, é como se o esfaqueasse.

DESDÊMONA
Ora vamos. Onde ele dorme?

BOBO
Dizer onde ele dorme é o mesmo que dizer onde eu minto.

DESDÊMONA
O que isso quer dizer?

---

[71] Essa fala pode também sugerir o contrário: "Você pertence a mim por toda a eternidade".
[72] Jogo de palavras com *lie*, que traz significados diversos, como dormir, ir para a cama com alguém, bem como mentir.

BOBO
Não sei onde ele se aloja e, para mim, determinar um alojamento e dizer que ele dorme aqui ou lá é como se estivesse mentindo deliberadamente.

DESDÊMONA
Você poderia descobrir e se informar com o que escutar?

BOBO
Vou perguntar e colher respostas de todo mundo.

DESDÊMONA
Encontre-o e peça que venha aqui. Diga-lhe que apelei para meu esposo em favor dele e espero que tudo fique bem.

BOBO
Fazer isso está dentro do alcance da inteligência do ser humano e, portanto, tentarei fazê-lo.

(*O Bobo sai*)

DESDÊMONA
Onde posso ter perdido meu lenço, Emília?

EMÍLIA
Não sei, senhora.

DESDÊMONA
Acredite, preferiria ter perdido minha bolsa cheia de cruzados. Se meu nobre Mouro não fosse de índole equilibrada, sem as baixezas com que são criadas as criaturas ciumentas, isso seria o suficiente para que ele suspeitasse de mim.

EMÍLIA
Ele não é ciumento?

DESDÊMONA
Quem, ele? Acho que o sol onde nasceu queimou tais humores.[73]

EMÍLIA
Veja, aí vem ele.

(*Otelo entra*)

DESDÊMONA
Não o deixarei agora até que ele chame Cássio de volta. Como está, senhor?

OTELO
Bem, minha gentil senhora. (*À parte*): Ah, é tão difícil mentir! — Como está, Desdêmona?

DESDÊMONA
Bem, senhor.

OTELO
Dê-me sua mão. Esta mão está úmida,[74] senhora.

---

[73] Teoria dos humores ou fluidos corporais. Adotada pelos gregos antigos, médicos romanos, filósofos, tal teoria ditava que os fluidos corporais (ou humores) eram substâncias básicas que preenchiam o corpo humano. Eram elas: sangue, fleugma, bílis amarela e bílis negra. Todos os seres humanos tinham uma combinação desses quatro elementos. O excesso ou falta de qualquer um desses quatro humores influenciava diretamente nas qualidades do corpo, do temperamento e na saúde. O sangue estava ligado ao temperamento colérico, a fleugma ao temperamento racional, a bílis amarela ao temperamento colérico e a bílis negra ao temperamento melancólico.

[74] A palma, se quente e úmida, era tida como uma indicação de desejos quentes; se seca e fria, o contrário.

DESDÊMONA
Isso porque não sofreu as vicissitudes do tempo nem dos pesares.

OTELO
Ela denuncia que você é fértil, liberal e tem um coração licencioso. Quente, quente e úmida. Esse tipo de mão diz que você necessita de controle da sua liberdade: jejum, reza, disciplina corretiva para se livrar das tentações, disciplina religiosa. Pois aqui existe um jovem demônio que sua e geralmente se rebela. É uma mão boa e franca.

DESDÊMONA
Isso você pode dizer, com certeza, pois foi esta mão que lhe deu meu coração.

OTELO
Uma mão liberal! Os corações dos antigos davam suas mãos em casamento, mas nossa nova heráldica só tem mãos, não mais corações.

DESDÊMONA
Isso eu não sei. Vamos, agora, sua promessa.

OTELO
Que promessa, querida?

DESDÊMONA
Mandei pedir a Cássio que viesse falar com você.

OTELO
Estou com um resfriado forte me incomodando. Empreste-me seu lenço.

DESDÊMONA
Aqui está, senhor.

OTELO
Não. Aquele que dei a você.

DESDÊMONA
Não o tenho comigo.

OTELO
Não tem?

DESDÊMONA
Não mesmo, senhor.

OTELO
Isso não é bom. Uma egípcia deu aquele lenço para minha mãe. Ela era uma feiticeira e praticamente podia ler os pensamentos das pessoas. Disse à minha mãe que, enquanto ela tivesse aquele lenço, meu pai a amaria e a desejaria. Porém, se ela o perdesse ou o desse para outra pessoa, ela se tornaria repugnante diante dos olhos de meu pai, e suas inclinações o fariam procurar outros amores. Quando minha mãe morreu, ela me deu o lenço e me pediu que o desse àquela que o destino me trouxesse como esposa. Assim o fiz, portanto preste atenção. Cuide dele com muito carinho como o faz com seus olhos. Perdê-lo ou dá-lo a alguém seria a ruína total, uma vez que nada mais o substituiria.

DESDÊMONA
Será possível?

OTELO
É verdade. Existe magia em sua trama. Uma profetisa, que já testemunhou o mundo cumprir duzentas translações em volta do sol, em fúria profética, teceu-o. A seda veio de bichos-da-seda sagrados, tingida com o fluido feito de corações mumificados de virgens.

DESDÊMONA
Mesmo? Isso é verdade?

OTELO
Verdadeiramente verdadeiro, portanto cuide bem dele.

DESDÊMONA
Desejaria, por Deus, nunca tê-lo visto.

OTELO
Ha! Por quê?

DESDÊMONA
Por que você está falando comigo de maneira tão abrupta e violenta?

OTELO
Ele está perdido? Ele se foi? Fale, ele desapareceu?

DESDÊMONA
Céus nos ajude!

OTELO
O que você tem a dizer a seu favor?

DESDÊMONA
Não está perdido, mas e se estivesse?

OTELO
Pegue-o, deixe-me vê-lo.

DESDÊMONA
Eu vou, senhor, mas não agora. Isso é um truque para desviar minha mente do que eu estou pedindo. Eu lhe imploro, receba Cássio novamente.

OTELO
Pegue o lenço. Minha mente está cheia de dúvidas.

DESDÊMONA
Ora vamos, você jamais encontrará um homem mais capaz.

OTELO
O lenço!

DESDÊMONA
Um homem que sempre contou com sua amizade para seu sucesso, compartilhou perigos com você...

OTELO
O lenço!

DESDÊMONA
Realmente, você deveria se envergonhar.

OTELO
Por Cristo!

(*Otelo sai*)

EMÍLIA
E esse homem não é ciumento?

DESDÊMONA
Nunca vi isso antes. Certamente existe alguma magia nesse lenço. Estou realmente triste por tê-lo perdido.

EMÍLIA
Leva mais de um ano ou dois para conhecermos um homem. São todos estômagos e nós comida. Nos comem vorazmente e, quando empanturrados, nos arrotam.

(*Iago e Cássio entram*)

EMÍLIA
Veja, Cássio e meu marido.

IAGO
Não tem outro jeito. Ela tem de fazê-lo, e, olhe que sorte a minha, ela está lá! Vá e peça a ela.

DESDÊMONA
Olá, Cássio. Quais são as novidades?

CÁSSIO
Nada além do meu pedido inicial. Eu lhe imploro que por meio de sua virtude eu possa existir novamente e que me ajude a gozar da amizade de Otelo, a quem, com toda a amabilidade do meu coração, reverencio. Chega de atrasos: se o ofendi de maneira tão mortal que nem meus serviços passados nem meus pesares presentes e sequer o mérito dos projetos futuros podem retornar à sua estima, desejaria pelo menos ter ciência. Assim, poderei me revestir de um falso contentamento e procurar outro ofício das esmolas do destino.

DESDÊMONA
Muitíssimo gentil, Cássio, pobre de mim. Minha defesa em relação à sua situação está fora de sintonia por ora. Meu senhor não é meu senhor. Nem eu conseguiria reconhecê-lo, uma vez que sua aparência está tão mudada quanto seu humor. Juro por todos os espíritos abençoados que falei em seu favor com muita habilidade, mas minha fala franca atingiu o centro de sua fúria. Tenha mais um pouco de paciência. Farei o que puder; ou melhor, farei mais do que faria por mim. Que essas palavras bastem.

IAGO
O meu senhor está bravo?

EMÍLIA
Acabou de sair, estranhamente perturbado com algo.

IAGO
Ele se zanga? É difícil de acreditar. Eu o vi ficar calmo com o canhão diabólico explodindo e atirando pelos ares seus soldados e até mesmo seu irmão, arfando em seus braços. E ele está zangado? Deve ser algo muito sério. Vou encontrá-lo. De fato há algo errado se ele estiver zangado.

DESDÊMONA
Eu lhe suplico, faça isso.

(*Iago sai*)

DESDÊMONA
Com certeza, alguma coisa arruinou seu bom humor, provavelmente advinda do Estado, talvez de Veneza, ou alguma trama aqui em Chipre embaçou seu espírito puro. Os homens ficam bravos com pequenas coisas quando têm de lidar com coisas grandes. É sempre assim. Quando nosso dedo se machuca, outros membros sadios de nosso corpo sentem também. Precisamos pensar que os homens não são deuses, e não conseguem agir sempre tão polidamente como no dia em que se casam. Ah, Emília, sou uma guerreira tão inexperiente que pensei que ele estava sendo cruel, mas na verdade corrompi a testemunha e o acusei falsamente.

EMÍLIA
Imploro aos céus que seja algo político, como acha, e não fantasia da mente dele, nem ciúme por ninharias envolvendo a senhora.

DESDÊMONA
Ai de mim! Eu nunca dei a ele razão para ter ciúme.

EMÍLIA
Mas as almas ciumentas não pensam dessa forma. Elas nunca são ciumentas por um motivo específico; apenas são ciumentas. É como um monstro que apenas cresce, gerado em si mesmo.

DESDÊMONA
Que os céus mantenham esse monstro longe da mente de Otelo.

EMÍLIA
Que assim seja, senhora.

DESDÊMONA
Vou procurá-lo. Cássio, fique por perto. Se o sentir receptivo, peço por você e tento fazer o máximo que posso pelo seu caso.

CÁSSIO
Humildemente lhe agradeço, senhora.

(*Desdêmona e Emília saem*)

(*Bianca entra*)

BIANCA
Salve, meu amigo Cássio.

CÁSSIO
O que faz tão longe de casa? Como está, minha bela Bianca? Na verdade, meu doce amor, eu estava indo à sua casa.

BIANCA
E eu estava indo ao seu alojamento, Cássio. Por que ficou longe por uma semana? Sete dias e sete noites? Cento e sessenta e oito horas? As horas ausentes dos amantes são cento e sessenta vezes mais longas do que as normais! Ah, que espera cansativa!

CÁSSIO
Perdoe-me, Bianca. Ultimamente meus pensamentos pesam como o chumbo, mas em breve vou recuperar o tempo perdido. Doce Bianca, (*ele dá a ela o lenço de Desdêmona*) faça uma cópia desse bordado, por favor.

BIANCA
Ah, Cássio, onde você conseguiu isso? É um presente de uma nova amante! Agora eu entendo a causa de sua ausência, embora já o suspeitasse. Chegou a esse ponto? Bem, ora, ora!

CÁSSIO
Ora, mulher, atire suas conclusões degradantes aos dentes do diabo, de onde vieram. Agora você está com ciúme, pensando que isto é de alguma amante minha, uma lembrancinha. Juro que não é, Bianca.

BIANCA
Então de quem é?

CÁSSIO
Também não sei, achei-o em meu quarto. Gosto do bordado. Alguém deve estar provavelmente procurando por ele, então quero que seja copiado. Tome-o e faça-o para mim e me deixe agora.

BIANCA
Deixá-lo? Por quê?

CÁSSIO
Estou esperando pelo general e não é honroso, nem de meu desejo — que ele me veja com uma mulher.

BIANCA
Por quê?

CÁSSIO
Não é porque não a ame.

BIANCA
Mas você não me ama. Eu lhe peço, caminhe comigo um pouco e me diga se o verei ao cair da noite.

CÁSSIO
Só posso andar com você um pouco, pois estou esperando aqui. Mas a verei logo mais.

BIANCA
Isso é bom. Devo aceitar a situação.

(*Saem*)

Quarto ato

Cena I
O mesmo local.

(*Otelo e Iago entram*)

IAGO
Mas você pensa assim?

OTELO
Pensa assim, Iago?

IAGO
Um beijo a sós?

OTELO
Um beijo proibido?

IAGO
Ou então ela ficou nua na cama com seu amante por uma hora ou mais, mas não fizeram nada de errado?

OTELO
Nua na cama, Iago, sem fazer nada de errado? Ora, Iago, seria como pregar uma peça no diabo. Os virtuosos que agem assim são tentados na sua virtude pelo demônio e tentam também aos céus.

IAGO
Então, se eles não fizeram nada, é um erro menor. Mas se eu desse à minha esposa um lenço...

OTELO
Daí?

IAGO
Ora, daí é dela, senhor, e, sendo dela, creio que ela pode dá-lo a qualquer homem.

OTELO
Ela também é a protetora de sua própria honra. Ela pode dá-la também?

IAGO
Sua honra é uma essência que não é vista. Muitos parecem tê-la, mas não a tem. Quanto ao lenço...

OTELO
Pelos céus, quem me dera pudesse esquecê-lo. O que você disse — ah, volta à minha memória como o corvo pairando sobre uma casa infectada, prenunciando mau agouro a todos — ele está com o meu lenço.

IAGO
E daí?

OTELO
Isso não é bom.

IAGO
E se eu dissesse que o vi fazer algo errado para o senhor? Ou que eu o ouvi dizer algo sobre o assunto... uma vez que tais canalhas estão por toda parte, e que persistem em cortejar, ou têm a natureza fraca quando se trata de mulher, e, uma vez satisfeitos seus desejos físicos, não fazem nada a não ser gabar-se.

OTELO
Ele disse algo assim?

IAGO
Sim, senhor, mas tenha certeza de que ele vai negar.

OTELO
O que foi que ele disse?

IAGO
Bem, que ele... Eu não sei o que ele fez.

OTELO
O quê? O quê?

IAGO
Se deitou...

OTELO
Com ela?

IAGO
Com ela, sobre ela, o que você quiser.

OTELO
Deitar mentiras sobre ela?[75] Isso é nauseante! Lenço, confissões, lenço! Confessar, e ser enforcado pelo que fez. Primeiramente enforcá-lo e depois confessar: tremo só de pensar. A razão humana não se permitiria envolver com um sentimento tão atormentador e obscuro se não estivesse baseada em um fato. Não são as palavras que me fazem tremer. Maldição! Narizes, ouvidos, lábios? Será possível? Confesse! Lenço! Ah, diabo!

(*Entra em transe*)

---

[75] Novamente o trocadilho com o verbo inglês *lie*, que em inglês pode significar tanto dormir, deitar-se com alguém (fazer sexo), bem como mentir.

IAGO
Continue agindo, veneno, aja! Esses tolos crédulos sempre caem. E muitas mulheres distintas e castas são punidas sem motivo. Todas inocentes, mas desgraçadas. Senhor! Senhor! Digo, Otelo!

(*Cássio entra*)

IAGO
Bom vê-lo, Cássio!

CÁSSIO
Qual é o problema?

IAGO
Meu senhor está tendo um ataque epilético. Esse é o segundo ataque. Ele teve outro ontem.

CÁSSIO
Esfregue-lhe as têmporas.

IAGO
Não, não faça isso. A letargia deve seguir seu curso. Senão ele vai espumar e, aos poucos, evoluir para uma loucura selvagem. Veja, ele está se mexendo. Retire-se um pouco. Ele se recupera logo. Quando ele for embora, quero falar com você sobre um assunto importante.

(*Cássio sai*)

IAGO
O que aconteceu, general? Machucou sua cabeça?

OTELO
Está zombando de mim?

IAGO
Zombando de você? Por Deus, não! Gostaria que você pudesse suportar sua sorte como um homem!

OTELO
Um homem com um par de chifres é um monstro, uma besta.

IAGO
Logo, há muitas bestas na cidade e muitos monstros urbanos.

OTELO
Ele confessou?

IAGO
Senhor, seja homem. Reflita que todo sujeito barbudo casado está na mesma situação sua. Existem milhões deles vivos agora que se deitam à noite em camas que não pertencem somente a eles, sujas, as quais eles arriscam jurar que são somente deles. Seu caso é melhor. Ah, é a malícia invejosa do inferno, a chacota do maligno, beijar obscenamente a boca de uma devassa na cama, livre de apreensões e julgá-la imaculada. Não, deixe-me investigar. E, sabendo quem eu sou, sei o que ela deve ser.[76]

OTELO
Ah, você é sábio! Isso é verdade.

IAGO
Vá para algum lugar por um tempinho e esconda-se com decorosa compostura. Enquanto tomado pela dor, em um estado emocional que não é apropriado para um homem como você, Cássio esteve aqui. Eu consegui mandá-lo embora e dei-lhe uma desculpa plausível por seu estado. Disse-lhe que retornasse logo e conversasse comigo e ele prometeu que assim o faria. Então se esconda aqui e observe a zombaria, o escárnio presentes em cada parte de seu rosto. Farei com

---

[76] E sabendo quem sou (uma criatura imperfeita), sei o que ela deve ser (ela está fadada a ser incasta).

que ele conte a história novamente: onde, quantas vezes, há quanto tempo e quando ele vai trepar com a sua esposa novamente. Digo-lhe, observe seu rosto. Mas fique firme ou terei de dizer que você se deixou levar completamente pela ira e que você não é um homem.

OTELO
Está me ouvindo, Iago? Ficarei bem sereno, porém muito mais sanguinário. Está me ouvindo?

IAGO
Está bem, mas tudo a seu tempo. Dá para você se retirar agora?

(*Otelo se retira*)

IAGO
Agora vou perguntar a Cássio sobre Bianca, uma meretriz que vende seus desejos para comprar pão e roupas. Essa criatura é louca por Cássio (já que é essa a praga das prostitutas: enganam a muitos, mas são enganadas por apenas um). Sempre que ele fala dela, não consegue parar de rir. Aí vem ele.

(*Cássio entra*)

IAGO
Quando ele rir, Otelo vai enlouquecer. E seu ciúme ignorante irá interpretar os sorrisos, os gestos e o comportamento frívolo de Cássio erroneamente. Como você está, tenente?

CÁSSIO
Pior ainda quando você me chama de tenente. A vontade de recuperar esse título me mata veladamente.

IAGO
Continue pedindo à Desdêmona e o terá. (*Sussurando*) Se essa causa estivesse nas mãos de Bianca, você a conquistaria muito rapidamente!

CÁSSIO
Coitadinha!

OTELO
Olhem como ele já está rindo!

IAGO
Nunca vi uma mulher amar tanto um homem!

CÁSSIO
Coitadinha. Eu realmente acredito que ela me ama.

OTELO
Agora ele nega um pouco e se ri disso.

IAGO
Você está me escutando, Cássio?

OTELO
Agora ele está contando a história novamente. Continue, vamos. Muito bem feito, muito bem feito!

IAGO
Ela acredita que você vai se casar com ela. Você pretende fazê-lo?

CÁSSIO
Ha, ha, ha!

OTELO
Então ela já é sua, romano? Você venceu?

CÁSSIO
Eu, me casar com ela? Uma vadia? Por favor. Seja condescendente com minha inteligência! Não sou idiota. Ha, ha, ha!

OTELO
Ora, ora, ora. Ele ri como se tivesse vencido!

IAGO
Ora, há um boato de que você vai se casar com ela.

CÁSSIO
Peço-lhe, conte-me a verdade.

IAGO
Chame-me de vilão, se estiver mentindo.

OTELO
Então, já contou todos meus dias? Bem.

CÁSSIO
A macaca[77] deve ter começado o boato ela mesma. Ela acredita que vou me casar com ela porque me ama e se sente feliz de pensar assim. Nunca prometi nada.

OTELO
Iago está acenando para que eu me aproxime. Ele está começando a história.

CÁSSIO
Ela esteve aqui agora há pouco. Ela me persegue por toda parte. Eu estava conversando com alguns venezianos na praia outro dia e a tonta apareceu. Juro, ela pulou no meu pescoço...

---

[77] O macaco poderia ter uma conotação erótica, uma vez que o sexo grosseiro, nesta peça, têm associações com o dos animais.

OTELO
Gritando "Ah, Cássio querido!", é o que parece, pelos seus gestos.

CÁSSIO
Ela se dependura em meu pescoço, balança e chora, me chacoalha e me puxa. Ha, ha, ha!

OTELO
Agora ele está contando como ela levou-o ao quarto. Ah, estou vendo seu nariz,[78] mas não o cachorro para o qual vou jogá-lo.

CÁSSIO
Bom, tenho que me livrar dela.

IAGO
Por Deus! Veja, aí vem ela.

(*Bianca entra*)

CÁSSIO
É apenas uma outra doninha, perfumada. Por que você está me perseguindo?

BIANCA
Que o diabo e a mãe dele o persigam! O que você tinha em mente quando me deu aquele lenço ainda há pouco? Fui uma bela de uma tonta em aceitá-lo. Você quer que eu copie o desenho? Uma trama delicada, um lenço que você encontrou no seu quarto e não sabe de quem é. Boa desculpa! Isto deve ser alguma lembrança de amor de alguma descarada e você quer que eu copie o desenho? Tome. Devolva-o à sua puta.

---

[78] Nariz, segundo Hulme, poderia significar pênis. A fala anterior poderia muito bem trazer um duplo sentido, do ato masturbatório a dois.

Seja de onde for que você conseguiu isto, não vou copiar bordado nenhum.

CÁSSIO
O que é isso, minha doce Bianca? Ora vamos, o que é isso?

OTELO
Céus, aquele deve ser o meu lenço!

BIANCA
Se você quiser vir para o jantar hoje à noite, você pode. Se não, não venha nunca mais.

(*Bianca sai*)

IAGO
Vá atrás dela, atrás dela.

CÁSSIO
Com certeza, tenho de ir, senão ela vai berrar nas ruas.

IAGO
Você vai jantar lá?

CÁSSIO
Sim, pretendo.

IAGO
Bem, pode ser que eu vá vê-lo lá, pois quero muito falar com você.

CÁSSIO
Venha mesmo. Promete?

IAGO
Vá. Não fale mais.

(*Cássio sai*)

OTELO
(*Avançando*) Como deveria matá-lo, Iago?

IAGO
Você viu como ele ria da própria safadeza?

OTELO
Ah, Iago!

OTELO
E você viu o lenço?

OTELO
Era o meu?

IAGO
Sim, juro que era. E veja o que sua mulher tola representa para ele! Ela lhe deu o lenço e ele o deu à puta dele.

OTELO
Gostaria de poder matá-lo repetidamente por nove anos. Uma mulher boa! Uma mulher bonita! Uma mulher doce!

IAGO
Não, você tem de esquecer isso.

OTELO
Sim, que ela apodreça e pereça e vá para o inferno hoje à noite, pois ela não viverá. Não, meu coração se transformou em pedra. Bato nele e ele machuca minha mão. Ah, o mundo nunca viu uma criatura mais doce. Ela poderia deitar-se ao lado de um imperador e comandá-lo.

IAGO
Não, não é isso que você deveria pensar agora.

OTELO
Que ela seja enforcada! Apenas digo como ela é. Tão delicada com sua agulha, uma musicista admirável. Ah, ela poderia fazer um urso selvagem dormir com seu canto! Tão espirituosa e criativa!

IAGO
Isso tudo a torna ainda pior.

OTELO
Ah, mil vezes pior; e uma personalidade tão gentil!

IAGO
Exatamente, gentil demais.

OTELO
Não, isso é certo. Mas que pena, Iago! Ah, Iago, que pena, Iago!

IAGO
Se você ainda é tão complacente com as maldades dela, permita então que ela continue ofendendo-o. Se isso não o afeta, não o fará a ninguém mais.

OTELO
Eu a cortarei em pedaços. Pôr cornos em mim?

IAGO
Ah, é horrível da parte dela.

OTELO
Com meu oficial!

IAGO
Pior ainda.

OTELO
Iago, arranje-me veneno para esta noite. Não vou brigar com ela, para que seu lindo corpo não me enfraqueça novamente. Hoje à noite, Iago!

IAGO
Não use veneno. Estrangule-a na cama que ela contaminou.

OTELO
Bom, bom. Nada mais justo! Muito bom!

IAGO
Deixe que me ocupe de Cássio. Você terá mais notícias por volta da meia-noite.

OTELO
Excelente, bom!

(*Uma trombeta soa fora do palco*)

OTELO
Que trombeta é essa?

IAGO
Acho que é alguma coisa de Veneza.

(*Ludovico, Desdêmona e séquito entram*)

IAGO
É Ludovico, que deve estar vindo a mando do duque. Veja, sua esposa está com ele.

LUDOVICO
Que Deus o preserve, valoroso general!

OTELO
De todo o meu coração assim o desejo, senhor.

LUDOVICO
O duque e os senadores de Veneza o saúdam.

(*Entrega uma carta a Otelo*)

OTELO
Beijo esta carta.

DESDÊMONA
E quais são as notícias, meu bom primo Ludovico?

IAGO
Estou alegre em vê-lo, senhor. Bem-vindo a Chipre.

LUDOVICO
Obrigado. Como está o tenente Cássio?

IAGO
Vive, senhor.

DESDÊMONA
Primo, houve um desentendimento entre ele e meu senhor, mas você pode consertar tudo.

OTELO
Tem certeza disso?

DESDÊMONA
Senhor?

OTELO
(*Lendo*) "Não deixe de fazer isso, pois você..."

LUDOVICO
Ele não disse nada. Está lendo. Então houve um desentendimento entre o meu senhor e Cássio?

DESDÊMONA
Dos mais tristes. Gostaria muito que eles voltassem a se entender pelo afeto que tenho por Cássio.

OTELO
Fogo e enxofre!

DESDÊMONA
O que disse, senhor?

OTELO
Você está em sã consciência?

DESDÊMONA
O quê? Ele está zangado?

LUDOVICO
Talvez a carta o tenha perturbado, pois acho que eles o querem enviar de volta para casa e apontam Cássio como governador em seu lugar.

DESDÊMONA
Acredite. Fico feliz com isso.

OTELO
Mesmo?

DESDÊMONA
Senhor?

OTELO
Alegro-me em vê-la louca.

DESDÊMONA
Mas por quê, doce Otelo...

OTELO
(*Dá-lhe uma bofetada*) Demônio!

DESDÊMONA
Não mereci isto.

LUDOVICO
Senhor, ninguém acreditaria nisso em Veneza, mesmo que eu jure que tenha visto. Isso foi demais. Peça desculpa, senhor. Ela está chorando.

OTELO
Ah, demônio, demônio! Cada lágrima que cai dos olhos de uma mulher transforma-se em lágrimas de crocodilo.[79] Suma da minha vista!

DESDÊMONA
Não ficarei aqui para ofendê-lo.

LUDOVICO
Deveras uma senhora obediente. Eu lhe imploro, senhor, chame-a de volta.

OTELO
Mulher!

DESDÊMONA
Senhor?

OTELO
O que o senhor quer com ela?

LUDOVICO
Quem, eu, senhor?

---

[79] Lágrimas de crocodilo, adágio popular para lágrimas falsas, geralmente presentes em relatos antigos. Elas eram derramadas pelo crocodilo por suas vítimas. Na verdade, essas lágrimas realmente caem dos olhos do crocodilo quando ele come sua presa, pois sua mandíbula comprime a glândula lacrimal. Essa expressão tão antiga é ainda utilizada nos dias de hoje!

OTELO
Sim, você insistiu para que eu a fizesse voltar.[80] Senhor, ela pode voltar, e dar de costas, e continuar, e voltar e dar de costas de novo. E ela sabe chorar, senhor, chorar. E ela é obediente, como o senhor mesmo diz, obediente. — Continue chorando. — Ah, que emoção bem maquiada! Estão me mandando de volta para casa. — Longe de mim, mando buscar você mais tarde. Senhor, eu obedeço a ordem e retorno para Veneza. — Fora, fora daqui!

(*Desdêmona sai*)

OTELO
Cássio ficará no meu lugar. E eu o convido, senhor, a jantar comigo esta noite. Bem-vindo a Chipre, senhor. Bodes e macacos!

(*Otelo sai*)

LUDOVICO
É esse o nobre Mouro que o senado inteiro considera tão competente? É essa a sua natureza, cujos sentimentos passionais jamais se fizeram estremecer? Cuja sólida virtude nem tiros, nem flechadas, nem estocadas acidentais, nem mesmo nenhum azar do destino podiam esfolar ou ferir?

IAGO
Ele mudou muito.

LUDOVICO
Ele está são? Não está enlouquecendo?

---

[80] Nessa fala Otelo faz uso do verbo *turn* várias vezes. Tem um sentido duplo, um deles significando que ela poderia fazer o que qualquer um quisesse, mas também tem uma conotação sexual. Em "ela pode voltar, virar ou dar de costas de novo" poderia querer dizer que ela seria capaz de fazer sexo inúmeras vezes com muitas pessoas. Nesse sentido, Otelo a chama de prostituta.

IAGO
Ele é o que ele é. Não me compete expressar a minha opinião se ele está ou não são, mas se não está, pelos céus, desejaria que estivesse!

LUDOVICO
O quê? Bater em sua esposa?

IAGO
É verdade, não foi uma coisa certa. Apenas espero que isso seja o pior.

LUDOVICO
Isso é hábito? Ou a carta mexeu tanto com seu sangue a ponto de ele errar daquela forma?

IAGO
Ai de mim, ai de mim! Não é honesto de minha parte falar do que vi e tomei conhecimento. Observe-o e suas ações vão revelá-lo ao senhor, assim não precisarei dizer nada. Vá atrás dele e observe-o como ele vai em frente.

LUDOVICO
Sinto muito ter-me enganado com ele.

(*Saem*)

Cena II
Um aposento no castelo.

(*Otelo e Emília entram*)

OTELO
Então você não viu nada?

EMÍLIA
Nem nunca ouvi, sequer suspeitei.

OTELO
Sim, você certamente a viu com Cássio?

EMÍLIA
Mas não vi perigo algum e ouvi cada sílaba que pronunciaram.

OTELO
O quê? Eles nunca sussurraram?

EMÍLIA
Nunca, senhor.

OTELO
Nem lhe mandaram sair?

EMÍLIA
Nunca.

OTELO
Para apanhar um leque, as luvas delas, a máscara dela ou qualquer outra coisa?

EMÍLIA
Nunca, senhor.

OTELO
Estranho.

EMÍLIA
Eu ouso, senhor, a pôr a prêmio a minha alma afirmando que ela é casta. Se pensa o contrário, rejeite esse pensamento, pois insulta seu coração. Se algum infeliz pôs isso em sua cabeça, que os céus se vinguem com a maldição da serpente,[81]

---

[81] Gênesis (3.14). Nesse texto Deus amaldiçoa a serpente por tentar Eva no paraíso.

pois, se ela não for honesta, casta e verdadeira, não existe fidelidade feminina, nem marido feliz. A mais pura das esposas é tão falsa quanto disonesta.

OTELO
Peça a ela que venha aqui. Vá.

(*Emília sai*)

OTELO
Ela diz as coisas certas, no entanto, ela é uma simples cafetina e qualquer cafetina diria a mesma coisa. Desdêmona é uma libertina sutil, fechadura e chave de um armário cheio de infames segredos. E ainda assim ela se ajoelha e reza como a vi fazer.

(*Desdêmona e Emília entram*)

DESDÊMONA
Senhor, o que deseja?

OTELO
Por favor, minha cara, venha aqui.

DESDÊMONA
O que posso fazer por você?

OTELO
Deixe-me ver seus olhos. Olhe no meu rosto.

DESDÊMONA
Que coisa horrível está imaginando?

OTELO
(*Para Emília*) Vá fazer uma de suas funções,[82] mulher. Deixe que nós, procriadores fiquemos a sós e feche a porta.

---

[82] O termo *function*, "função" em português, trazia um outro sentido, de dona de bordel.

Tussa ou pigarreie se alguém aparecer. Sua obrigação, sua obrigação! Avie-se!

(*Emília sai*)

DESDÊMONA
De joelhos eu lhe pergunto, o que essas palavras querem dizer? Vejo fúria nelas, mas não as entendo.

OTELO
Ora, quem é você?

DESDÊMONA
Sua esposa, senhor. Sua esposa verdadeira e leal.

OTELO
Venha, jure e seja condenada no inferno. Ou melhor, os demônios devem temer possuí-la porque você parece alguém do céu. Portanto seja amaldiçoada duplamente por jurar que é virtuosa!

DESDÊMONA
Os céus verdadeiramente sabem que eu o sou.

OTELO
Os céus verdadeiramente sabem que você é tão traiçoeira como o inferno.

DESDÊMONA
A quem, senhor? Com quem, senhor? Como sou traiçoeira?

OTELO
Ah, Desdêmona, vá embora, saia, suma daqui!

DESDÊMONA
Ai de mim, que dia pesado, por que está chorando? Sou eu a razão dessas lágrimas, senhor? Se por acaso suspeita que meu pai foi o instrumento dessa carta que o chama de volta à Verona, não me culpe. Se você perdeu sua amizade, eu também a perdi.

OTELO
Quisera o céu tentar-me com a aflição, ao fazer chover todos os tipos de sofrimentos e desgraças sobre minha cabeça descoberta, ou afundar-me na pobreza até o pescoço,[83] ou vender-me como escravo e acabar com minhas esperanças, eu tentaria encontrar em algum lugar de minha alma uma gota de paciência. Ou se me fizessem motivo de zombaria, mesmo assim eu suportaria. Mas, ai de mim, tornar-me o objeto constante a ser desprezado pelas horas eternas, cujo ponteiro lento e imóvel marca sobre mim! No entanto, até isso eu poderia suportar, muito, muito bem. Mas lá, onde armazenei meu coração, onde devo viver ou não ter vida, na fonte de onde o rio de minha vida brota, ou estanca... de lá ser descartado! Ou devo aceitar que essa fonte é uma cisterna[84] onde sapos infectos se enroscam e procriam... Paciência, esse querubim pálido e de lábios rosados, dê-me suas costas! Sim, aqui parece ser tão implacável como o inferno!

DESDÊMONA
Espero que meu nobre senhor acredite que sou honesta.

OTELO
Ah, sim, como as moscas no verão o são na carne podre, embarrigando até com o vento.[85] Ah, erva daninha, que é tão incrivelmente bela e cheira tão doce que os cinco sentidos sofrem quando a vejo, como gostaria que você nunca tivesse nascido!

DESDÊMONA
Ai de mim, que pecado cometi que não sei qual é?

---

[83] Em inglês, *to my very lips*, até meus lábios.
[84] A versão genovesa da *Bíblia* se refere à mulher como a "cisterna pertencente ao homem". Os filhos são os rios que fluem dela.
[85] *Blowing* é um trocadilho que traz dois sentidos diversos. No inglês elisabetano, *blowing* poderia significar pôr ovos, que é o que as moscas fazem, mas também poderia significar o vento quente presente no verão.

OTELO
O mais belo papel e o livro mais precioso foram feitos para que neles se escrevessem "puta"? O quê? Cometeu? Cometeu?[86] Ah, prostituta ordinária, eu enrubesceria ardentemente tal qual a forja de um ferreiro que incineraria todo o senso de vergonha, se eu meramente mencionasse seus atos. Os céus tapam o nariz ante o que você cometeu. A lua fecha seus olhos.[87] O vento obsceno que beija tudo o que encontra é silenciado na caverna dos ventos.[88] O que você cometeu? Puta descarada!

DESDÊMONA
Céus, você me trata injustamente!

OTELO
Você não é uma puta?

DESDÊMONA
Não, pois sou cristã! Se preservar este corpo para meu senhor, livrando-o do toque asqueroso e injustificável de qualquer um significa que não sou uma meretriz, então não sou uma.

OTELO
O quê? Não é uma puta?

DESDÊMONA
Não, e serei salva.

---

[86] *Commit adultery*, cometer adultério, expressão elisabetana. A frase ingênua de Desdêmona dá vazão (cisterna, rio, água...) às suspeitas de Otelo.

[87] Mais uma vez a imagem da lua, que, no teatro shakespeariano, era associada à pureza, à castidade.

[88] Caverna dos ventos: Na *Eneida,* de Virgílio, existe um relato de como Júpiter, o principal deus do Olimpo, aprisionou os ventos em uma caverna escura, colocou montanhas sobre eles, para evitar que eles fugissem com a terra e os mares, e colocou Aéolo, o governante dos ventos, como encarregado deles.

OTELO
Isso é possível?

DESDÊMONA
Ah, que os céus nos perdoem!

OTELO
Peço-lhe desculpas, então. Eu a confundi com a puta traiçoeira de Veneza que se casou com Otelo. Você, mulher, *(Emília entra)* que tem um prostíbulo em frente a São Pedro[89] e guarda o portão do inferno! Você, você, sim, você! Terminamos o nosso negócio.[90] Aqui está o dinheiro por seu árduo trabalho. Tranque a porta e mantenha nosso assunto em segredo.

(Sai)

EMÍLIA
Por Deus, do que ele está falando? Como está, senhora? Como está, minha boa senhora?

DESDÊMONA
Asseguro-lhe que estou aturdida.

EMÍLIA
Boa senhora, qual é o problema com meu senhor?

DESDÊMONA
Com quem?

EMÍLIA
Ora, com meu senhor, senhora.

---

[89] São Pedro, o guardião dos portões do céu.
[90] Nosso negócio: Sexo com prostituta.

DESDÊMONA
Quem é seu senhor?

EMÍLIA
O mesmo que o seu, doce senhora.

DESDÊMONA
Não tenho nenhum. Não fale comigo, Emília. Não consigo chorar, embora as lágrimas sejam a única resposta que posso dar a você. Eu lhe peço, ponha os lençóis da noite de núpcias em minha cama hoje à noite, não se esqueça. E peça a seu marido para vir aqui agora.

EMÍLIA
Que mudança, realmente!

(*Sai*)

DESDÊMONA
Seria justo que ele me tratasse assim se eu merecesse. O que fiz para que ele pudesse reclamar?

(*Emília entra com Iago*)

IAGO
O que a senhora deseja? Como está?

DESDÊMONA
Não consigo dizer. Os adultos ensinam as crianças de uma maneira suave, com reprovações leves. Mas ele deve ter ralhado tanto comigo que me sinto como uma criança que nunca foi repreendida.

IAGO
Qual é o problema, senhora?

EMÍLIA
Ai de mim, Iago, meu senhor chamou-a de meretriz, de tantas outras palavras ofensivas que corações leais não podem aguentar.

DESDÊMONA
Eu sou aquilo, Iago?

IAGO
Aquilo o quê, senhora?

DESDÊMONA
Aquilo que meu senhor disse que eu era.

EMÍLIA
Ele a chamou de puta. Nem um mendigo bêbado chamaria sua vagabunda desse modo.

IAGO
Por que ele fez isso?

DESDÊMONA
Não sei. Mas tenho certeza que não sou isso.

IAGO
Não chore, não chore. Que dia difícil!

EMÍLIA
Ela deixou para trás todos os nobres partidos, seu pai, seu país e seus amigos para ser chamada de puta? Isso não faria qualquer um chorar?

DESDÊMONA
É triste a minha sina.

IAGO
Que ele seja amaldiçoado por isso. De onde ele tirou tal ideia?

DESDÊMONA
Só os céus sabem.

EMÍLIA
Que eu seja enforcada se não foi algum salafrário repugnante, ou um vagabundo intrometido, um patife impostor que se insinuou e inventou essa desgraça para conseguir alguma posição. Que eu seja enforcada!

IAGO
Ora vamos, não existe ninguém assim. É impossível.

DESDÊMONA
Mas, se existir, peço aos céus que o perdoe!

EMÍLIA
Que uma forca o perdoe! E que o inferno mastigue seus ossos! Por que ele tinha de chamá-la de puta? Quem esteve com ela? Onde? Que horas? Por quê? O Mouro foi enganado por um canalha desprezível, um salafrário muito baixo, um crápula nojento. Ah, gostaria que os céus nos mostrassem quem são esses sujeitos e pusessem na mão de cada homem honrado um chicote para açoitar esses patifes, nus em pelo, estejam eles onde estiverem, em qualquer lugar do mundo, de leste a oeste!

IAGO
Fale mais baixo.

EMÍLIA
Desgraçados sejam. É o mesmo tipo de sujeito que o deixou perturbado, fazendo você suspeitar que eu o traí com o Mouro.

IAGO
Você é uma idiota. Vamos.

DESDÊMONA
Pobre de mim, Iago, o que devo fazer para ter meu senhor novamente? Bom amigo, vá até ele. Pois, pela luz dos céus, juro que não sei como o perdi. Aqui estou de joelhos e juro que, se alguma vez fiz algo contra seu amor, na fala, no pensamento ou em ações, ou se alguma vez meus olhos, meus ouvidos, ou qualquer outro de meus sentidos teve prazer com outro homem; ou que eu não o amo de maneira nenhuma, ou, ainda, se não o amo, nem nunca o amei, ou sequer o amarei intensamente, embora ele tenha me confinado a uma separação miserável. A hostilidade dele pode destruir a minha vida, mas nunca irá manchar meu amor. Não consigo dizer "puta", essa palavra me repugna, até mesmo neste momento em que a pronuncio. Nem mesmo toda a vaidade do mundo poderia levar-me a merecer tal nome.

IAGO
Por favor, se acalme. Ele está de mau humor. Os negócios do Estado o estão preocupando e ele a está repreendendo por causa disso.

DESDÊMONA
Se realmente fosse só isso...

IAGO
É sim, prometo.

(*Trombetas soam*)

IAGO
Escutem, as trombetas nos chamam para a ceia. Os mensageiros de Veneza aguardam o seu prato. Entre e não chore. Tudo vai ficar bem.

(*Desdêmona e Emília saem*)

(*Rodrigo entra*)

IAGO
Como está, Rodrigo?

RODRIGO
Não acho que você está me tratando de forma justa.

IAGO
O que lhe mostra o contrário?

RODRIGO
Todos os dias você se livra de mim por meio de uma artimanha. Em vez de me suprir com um mínimo de esperança, parece-me agora que você me mantém cada vez mais longe das oportunidades. Não vou mais permitir que isso continue; muito menos estou convencido de ter de suportar em paz tudo o que já sofri da maneira mais estúpida.

IAGO
Dá para me escutar, Rodrigo?

RODRIGO
Já ouvi demais e suas palavras não combinam com suas ações.

IAGO
Você me acusa injustamente.

RODRIGO
Digo nada mais do que a verdade. Perdi todo o dinheiro que tinha. As joias que você tomou de mim para dar a Desdêmona teriam levado até uma freira a querer dormir comigo. Você me disse que ela as recebeu e me enviou esperanças de respeito e amizade, mas até agora não vi resultado.

IAGO
Bem, está certo. Muito bem.

RODRIGO
Está certo? Muito bem? Não está certo, homem. Nem muito bem. Não, acho que isso é baixo e começo a perceber que estou sendo tapeado.

IAGO
Muito bem.

RODRIGO
Eu digo que não está nada bem. Vou me apresentar a Desdêmona. Se ela devolver minhas joias, vou desistir dela e penitenciar-me do meu pedido injustificado de dormir com ela. De outra maneira, asseguro-lhe que vou me vingar de você e buscar satisfação.

IAGO
Você disse tudo agora.

RODRIGO
Sim, e não disse nada mais do que tudo que pretendo fazer.

IAGO
Bem, agora vejo que há virilidade em você, e a partir deste momento tenho uma opinião muito melhor de você do que tinha antes. Dê-me sua mão, Rodrigo. Sua reclamação contra mim é mais do que compreensível, mas mesmo assim eu garanto que fiz tudo o que pude em seu caso.

RODRIGO
Não parece.

IAGO
Concordo que não pareça e sua suspeita me mostra que você é inteligente e tem opinião própria. Mas, Rodrigo, se você tem todas essas qualidades, e agora, mais do que nunca, tenho uma grande razão para acreditar nisso — quero dizer — determinação, coragem e bravura — espere mais uma noite.

Se amanhã à noite você não desfrutar de Desdêmona, trame contra minha vida e me tire deste mundo de maneira vil.

RODRIGO
Bem, qual é seu plano? É algo racional e possível de pôr em prática?

IAGO
Senhor, chegou uma delegação especial de Veneza para colocar Cássio no lugar de Otelo.

RODRIGO
Isso é verdade? Então... Otelo e Desdêmona vão retornar à Veneza.

IAGO
Ah, não, ele irá para Mauritânia e levará a bela Desdêmona com ele, a menos que ele tenha de se atrasar aqui por causa de algum acidente, sendo que nenhum seria tão eficiente quanto a remoção de Cássio.

RODRIGO
O que você quer dizer com a remoção de Cássio?

IAGO
Ora, fazendo-o incapaz de ocupar o lugar de Otelo: estourando seus miolos.

RODRIGO
E isso é o que você quer que eu faça!

IAGO
Sim, se você se arriscar a conseguir o que é um benefício e direito seu. Ele vai jantar com uma prostituta e irei visitá-lo lá. Ele ainda não sabe sobre sua honrosa sorte. Se você o vir caminhando para longe daqui (o que farei de tudo para que ele faça, entre meia-noite e uma), você poderá fazer com ele o que bem quiser. Estarei por perto para ajudá-lo e ele cairá

nas nossas mãos. Venha, não fique perplexo, venha comigo. Vou lhe mostrar que a morte dele é tão necessária que você se sentirá forçado a dar cabo dele. Está perto do horário do jantar e a noite pode ser desperdiçada. Vamos!

RODRIGO
Quero saber mais sobre isso.

IAGO
E você ficará satisfeito.

(*Saem*)

Cena III
Um aposento no castelo.

(*Otelo, Ludovico, Desdêmona e Emília entram com serviçais*)

LUDOVICO
Eu lhe peço, senhor, não se incomode mais.

OTELO
Ah, me perdoe. Caminhar me fará bem.

LUDOVICO
Senhora, boa noite. Humildemente agradeço à sua senhoria.

DESDÊMONA
Vossa Excelência é sempre bem-vindo.

OTELO
Vamos caminhar, senhor? Ah, Desdêmona...

DESDÊMONA
Senhor?

OTELO
Vá para cama imediatamente. Voltarei logo. Dispense sua criada. Assegure-se que isso seja feito.

DESDÊMONA
Assim o farei, senhor.

(*Otelo, Ludovico e serviçais saem*)

EMÍLIA
Como estão as coisas agora? Ele parece mais gentil do que estava.

DESDÊMONA
Ele diz que voltará imediatamente e me disse que fosse para cama e que a dispensasse.

EMÍLIA
Dispensar-me?

DESDÊMONA
Sim, foi seu pedido. Portanto, boa Emília, dê-me minha camisola e adeus. Não devemos contrariá-lo.

EMÍLIA
Gostaria que você nunca o tivesse visto.

DESDÊMONA
Eu não. Eu o amo tanto que mesmo sua teimosia, sua rabugice, seu olhar violento — por favor, desabotoe aqui — têm sua graça e charme.

EMÍLIA
Coloquei os lençóis que a senhora me pediu na cama.

DESDÊMONA
Não importa mais. Pela minha honra, como nossas mentes são tolas! Se eu morrer antes de você, rogo que me amortalhe em um desses lençóis.

EMÍLIA
Ora, vamos! Não diga tolice!

DESDÊMONA
Minha mãe tinha uma criada chamada Bárbara. Ela estava apaixonada, mas aquele que ela amava era violento e a deixou. Ela cantava uma canção antiga, sobre um chorão que a lembrava de sua história. E morreu cantando essa canção. Essa canção não quer sair de minha mente esta noite; é tudo que posso fazer, baixar a cabeça e cantar essa canção, como a pobre Bárbara. Por favor, rápido.

EMÍLIA
Devo apanhar sua camisola?

DESDÊMONA
Não, desabotoe aqui. Esse Ludovico é um homem sábio.

EMÍLIA
Um homem muito bonito.

DESDÊMONA
Ele fala bem.

EMÍLIA
Conheço uma dama em Veneza que andaria descalça até a Palestina, em penitência, para poder tocar seu lábio inferior.

DESDÊMONA
(*Cantando*)
"A pobre alma sentou-se suspirando,
Cantando sobre um verde chorão.[91]
Sua mão sobre o peito, sua cabeça nos joelhos,

---

[91] Chorão: Um símbolo tradicional de amor abandonado ou traído, é recorrente na obra shakespeariana, especialmente com Ofélia, em *Hamlet*, e com a filha do carcereiro em *Dois parentes nobres*.

Canta, chora, chorão, chorão.
O riacho corre junto a ela, e murmura seus lamentos,
Canta, chora, chorão, chorão.
Lágrimas salgadas caíam de seus olhos e amoleciam as pedras
Canta, chora, chorão, chorão."

Guarde estas aqui. (*Ela dá suas roupas a Emília*)

"Chorão, chorão..."
Por favor, apresse-se, ele vai chegar em breve...
"Cantando que um verde chorão vai ser minha grinalda.[92]
Que ninguém me culpe, eu aceito o seu desprezo —"
Não, não é assim que continua. Escute! Quem está batendo?

EMÍLIA
É o vento.

DESDÊMONA
(*Cantando*)
"Chamei meu amor de amor falso, mas o que ele disse então?
Cante, chora, chorão, chorão.
Se eu cortejar mais mulheres, você dormirá com mais homens."
Então, vá embora; boa noite. Meus olhos coçam — será que é um presságio de que vou chorar?

EMÍLIA
Não quer dizer nada.

---

[92] Ecos de Ofélia, em *Hamlet*, que morreu no riacho com grinaldas de flores.

DESDÊMONA
Ouvi alguém dizer isso. Ah, esses homens, esses homens! Você em sã consciência acha, diga-me, Emília, que existem mulheres que traem seus maridos de uma maneira tão repugnante?

EMÍLIA
Existem mulheres como essas, sem dúvida.

DESDÊMONA
Você faria tal coisa em troca do mundo todo?

EMÍLIA
Ora, você não faria?

DESDÊMONA
Não, por esta luz da lua que me ilumina!

EMÍLIA
Eu também não faria por esta luz que me ilumina. Eu o faria no escuro.

DESDÊMONA
Você faria tal coisa em troca do mundo todo?

EMÍLIA
O mundo é uma coisa tão grande. É um ótimo preço por um pecado tão pequeno.

DESDÊMONA
Na verdade, não creio que você faria isso.

EMÍLIA
Na verdade, acho que deveria fazer, e depois desfaria a coisa após tê-la feito. De fato, não o faria por um anel duplo, nem por metros de puro linho, nem por vestidos, anáguas, toucas, nem por um pagamento insignificante. Mas pelo mundo todo? Bem, quem não faria de seu marido um corno para fazê-lo um rei? Arriscaria o purgatório por ele.

DESDÊMONA
Que eu seja amaldiçoada se eu fizesse tal coisa pelo mundo todo.

EMÍLIA
Ora, uma má ação é apenas um erro neste mundo, mas tendo ganho o mundo por conta de seu ofício, é um erro em seu próprio mundo, logo você pode torná-lo um acerto.

DESDÊMONA
Não acredito que exista uma mulher assim.

EMÍLIA
Sim, uma dúzia delas e tantas outras quanto possam encher o mundo no qual elas praticam seu esporte.[93] Contudo, eu realmente penso que é culpa dos maridos se suas mulheres caem em tentação. Digamos que eles negligenciam seus deveres e derramam nossos tesouros nos colos de outras,[94] ou então se tornam loucamente ciumentos, cerceando a nossa liberdade. Ou digamos que eles nos batem ou reduzem nosso pagamento.[95] Ora, nossos corpos secretam fel;[96] e, embora conservemos nossas virtudes, por outro lado, temos sede de vingança. Os maridos deveriam saber que suas esposas têm sentidos como eles. Elas veem, têm olfato e paladar para o doce e o azedo, tal qual seus maridos. Por que eles nos trocam

---

[93] Esporte tinha mais do que um significado na época de Shakespeare. Podia significar entretenimento, mas também recreação sexual.

[94] Derramar nossos tesouros nos colos de outras: Dormir com outras mulheres. Note que derramar é usado para líquidos.

[95] Pagamento: Sexo que envolve dinheiro pago pelo serviço. A visão de Emília quanto aos homens é bem negativa, sugerindo, aqui, que a falta de mesadas ou de sexo incorre na mesma coisa.

[96] Nossos corpos secretam fel: Uma visão mais poética do que a do texto original. Na verdade, o texto menciona a vesícula biliar secretando a bile (*gall*), que era tida como a base do ressentimento, do rancor.

por outras? Por esporte? Acho que sim. Um esporte gerado por desejo? Creio que sim. Será a fraqueza que se desvia desse modo? Também é. E nós, não temos afeições, desejos pelo esporte e fraquezas como os homens as têm? Então que eles nos usem bem, ou então permitam que eles saibam que nossas más ações são as que eles próprios nos instruíram.

DESDÊMONA
Boa noite, boa noite. Rogo aos céus que me ajudem a aprender com mulheres como essas — não para extrair o mal a partir do mal, mas para corrigi-lo!

(*Saem*)

Quinto ato

Cena I
Uma rua.

(Iago e Rodrigo entram)

IAGO
Aqui, fique atrás desta coluna e logo ele chegará. Deixe sua espada desembainhada. Rápido, rápido! Não tenha medo de nada. Ficarei próximo de seu cotovelo.[97] Ou sairemos vitoriosos desta empreitada ou estaremos em grandes apuros! Pense nisso e mantenha-se firme em seu propósito.

RODRIGO
Fique por perto, posso cometer um erro.

IAGO
Estou ao alcance de sua mão. Tenha coragem e fique a postos.

(Iago se retira)

IAGO
Não estou muito entusiasmado em cometer esse crime, mas ele me deu bons motivos. Não é nada mais que a morte de um homem. Um golpe de espada e ele morre.

---

[97] "Deixe sua espada preparada." O texto original sugere o movimento de tirá-la e pô-la de volta: *wear thy good rapier "bare", and put it home*. Ele se refere àquele momento crucial quando se está prestes a tirar a espada e ir à luta. A parte do braço que se sobressai é o cotovelo, daí a ideia de apoio, de proteção. Iago afirma que estará por perto para auxiliá-lo.

IAGO
(*À parte*) Espremi essa espinha até estourar[98] e ela e está se inflamando. Agora, se ele matar Cássio, ou se Cássio o matar, ou ainda se eles matarem um ao outro, tudo correrá a meu favor. Se Rodrigo sobreviver, ele irá querer de volta todo o ouro e as joias que roubei dele, com os quais disse ter presenteado Desdêmona. Isso não pode acontecer. Por outro lado, se Cássio sobreviver, ele é tão elegante e fala tão bem que me faz parecer feio. Além do mais, o Mouro pode lhe contar as mentiras que inventei sobre ele. — E eu correria um sério perigo. Não, ele deve morrer. Que assim seja, posso ouvi-lo chegando.

(*Cássio entra*)

RODRIGO
Conheço o modo como ele anda; é ele. Morra, canalha!

(*Ataca Cássio*)

CÁSSIO
Esse golpe teria sido de fato meu inimigo se não estivesse com minha roupa blindada[99] debaixo desta outra. Mas ela é melhor do que você pensa. Vou testar a sua.

(*Ele desembainha sua espada e fere Rodrigo*)

RODRIGO
Ah, fui morto!

(*Iago, por trás, fere Cássio nas pernas e sai*)

---

[98] A espinha é Rodrigo. Nesse momento Iago demonstra sua opinião de Rodrigo.

[99] Feita de aço, essa roupa era vestida por baixo das roupas comuns à época e servia de proteção.

CÁSSIO
Ah, estou aleijado para sempre! Socorro! Assassino! Assassino!

(*Otelo entra*)

OTELO
É a voz de Cássio. Iago manteve sua palavra.

RODRIGO
Ah, que patife eu sou!

OTELO
É verdade.

CÁSSIO
Ah, socorro! Tragam luz! Um médico!

OTELO
É ele. Ah, valoroso Iago, tão honesto e correto; você tem uma percepção notável a respeito dos erros de seu amigo! Você me ensinou. Querida libertina, seu amor está morto agora e seu maldito destino se aproxima. Estou indo, libertina. Não pertence mais ao meu coração aquele encantamento, a beleza de seus olhos está maculada. Seu leito lascivo será agora manchado pelo sangue da lascívia.

(*Sai*)

(*Ludovico e Graciano entram*)

CÁSSIO
O quê? Ei? Nenhum guarda por perto? Nenhum transeunte? Assassino! Assassino!

GRACIANO
Alguma coisa está errada, o grito é agonizante.

CÁSSIO
Ah, socorro!

LUDOVICO
Escute!

RODRIGO
Ah, pobre canalha!

LUDOVICO
Estou ouvindo dois ou três gemidos. A noite já vai alta e pode ser uma armadilha. Não é seguro atendê-los.

RODRIGO
Não vem ninguém? Então vou sangrar até a morte.

(*Iago entra com uma vela*)

LUDOVICO
Ouça!

GRACIANO
Alguém está vindo de camisola, com luz e armas.

IAGO
Quem está aí? Quem está fazendo barulho e gritando assassino?

LUDOVICO
Não sabemos.

IAGO
Não escutam um grito?

CÁSSIO
Aqui, aqui! Pelos céus, me ajudem!

IAGO
Qual é o problema?

GRACIANO
Creio que é o alferes de Otelo.

LUDOVICO
O próprio. Um sujeito de muito valor.

IAGO
Quem está gritando tão desesperado?

CÁSSIO
Iago? Ah, fui ferido, destruído por vagabundos! Ajude-me.

IAGO
Ah, tenente! Quem fez isso?

CÁSSIO
Acho que um deles está perto e não consegue ir embora.

IAGO
Ah, desprezíveis canalhas!

(*Para Ludovico e Graciano*)

IAGO
Quem são vocês? Venham e ajudem.

RODRIGO
Ah, ajude-me aqui!

CÁSSIO
Esse é um deles.

IAGO
Ah, assassino! Canalha!

(Iago apunhala Rodrigo)

RODRIGO
Ah, maldito Iago! Cachorro desumano ... ah, ah, ah.

IAGO
Matando homens no escuro! Onde estão esses ladrões sanguinários? A cidade está tão silenciosa! Ei! Assassino! Assassino! — Quem é você? Bom ou mau?

LUDOVICO
Faça seu próprio julgamento.

IAGO
Senhor Ludovico?

LUDOVICO
Ele mesmo, senhor.

IAGO
Perdoe-me. Cássio foi ferido.

GRACIANO
Cássio!

IAGO
Como está, irmão?

CÁSSIO
Cortaram minha perna ao meio.

IAGO
Deus nos livre! Luz, cavalheiros, vou atar o ferimento com minha camisola.

(Bianca entra)

BIANCA
Qual é o problema, ei? Quem gritou?

IAGO
Quem gritou?

BIANCA
Ah, meu querido Cássio! Meu doce Cássio! Ah, Cássio, Cássio, Cássio!

IAGO
Ah, uma afamada prostituta! Cássio, você suspeita quem poderia tê-lo ferido?

CÁSSIO
Não.

GRACIANO
Lamento encontrá-lo dessa maneira. Estava procurando por você.

IAGO
Empreste-me uma liga. — Ah, se tivéssemos uma cadeira para tirá-lo daqui com facilidade.

BIANCA
Ai, ele está desmaiando! Ah, Cássio, Cássio, Cássio!

IAGO
Senhores, eu suspeito que esse lixo tenha algo a ver com esse problema. — Tenha um pouco de paciência, bom Cássio. Vamos, vamos, dê-me a vela. Conhecemos este rosto ou não? Ai de mim, meu amigo e querido compatriota, Rodrigo! Não — sim, claro! Sim, é Rodrigo.

GRACIANO
O que, Rodrigo de Veneza?

IAGO
É ele, senhor. O senhor o conhecia?

GRACIANO
Se eu o conhecia? Sim.

IAGO
Senhor Graciano? Peço que me perdoe, esses acidentes sanguinários devem justificar meus modos, pois eu o ignorei.

GRACIANO
Alegro-me em vê-lo.

IAGO
Como está se sentindo, Cássio? Ah, uma cadeira, uma cadeira!

GRACIANO
Rodrigo?

IAGO
É ele, é ele.

(*Trazem uma cadeira*)

GRACIANO
Ah, muito bem — a cadeira! Tragam alguém forte para carregá-lo com cuidado. Vou buscar o médico do general. — (*Para Bianca*) Quanto a você, não nos dê trabalho. O homem que aqui jaz morto, Cássio, era meu amigo querido. Qual era o problema entre vocês?

CÁSSIO
Nenhum. Nem conheço esse homem.

IAGO
O quê? Você está pálida? — Levem-no daqui. Fiquem, meus bons senhores. (*Para Bianca*) Você está pálida, mulher?

(*Cássio e Rodrigo são levados para fora*)

IAGO
Viram o medo nos olhos dela? — Se olharem com atenção, saberão de mais coisas em breve. Observem-na bem. Peço-lhes que fiquem de olho nela. Estão vendo, senhores? Assim a culpa acabará falando até mesmo sem língua.

(*Emília entra*)

EMÍLIA
Meu Deus, o que houve? O que houve, marido?

IAGO
Cássio foi atacado aqui no escuro por Rodrigo e outros sujeitos escaparam. Ele está agonizando e Rodrigo já está morto.

EMÍLIA
Que horror, bondosos senhores! Que horror, bondoso Cássio!

IAGO
Esses são os frutos de andar com prostitutas. Por favor, Emília, vá perguntar a Cássio onde ele jantou esta noite. (*Para Bianca*) O que, você está tremendo?

BIANCA
Ele jantou em minha casa, mas não estou tremendo por causa disso.

IAGO
Ah, ele jantou? Eu ordeno, venha comigo.

EMÍLIA
Que vergonha, sua puta!

BIANCA
Não sou puta, mas tão honesta quanto você que me insulta.

EMÍLIA
Quanto eu? Como ousa? Que vergonha!

IAGO
Gentis senhores, precisamos garantir que os curativos dos ferimentos do pobre Cássio sejam bem feitos. — Venha, mulher, você tem de nos contar uma outra história. Emília, corra para a cidadela e diga ao meu amo e sua senhora o que aconteceu. — Por favor, vá agora. Por favor, senhores, vão na frente. Esta é a noite em que vou triunfar ou me arruinar.

(*Sai*)

Cena II
Um quarto no castelo.

(*Desdêmona, na cama, adormecida*)

(*Otelo entra com uma vela*)

OTELO
Esta é a causa, esta é a causa, minha alma. Não me peçam que eu a descreva a vocês, castas estrelas, mas esta é a causa. Todavia, não derramarei seu sangue, nem marcarei sua pele, mais branca do que a neve e tão suave quanto monumentos de alabastro. Contudo, ela deve morrer, ou então trairá outros homens. Apago a luz e apago a luz. Se a apago, flama ardente, posso acendê-la depois, se me arrepender. Mas, se extinguo a sua luz, astuto modelo da excelência na natureza, não saberei onde estará o calor de Prometeu[100] capaz de

---

[100] Prometeu, no mito grego, trouxe o fogo do céu para os homens.

reacender a sua luz: quando arrancar a rosa, não serei capaz de dar-lhe crescimento vital novamente, ela deverá secar; deixe-me cheirá-la enquanto ainda está no galho. (*Ele a beija*) Ah, doce respiração, que quase convence a justiça a quebrar sua espada.[101] Mais uma vez, mais uma vez. Se continuar assim quando morta, eu irei matá-la e beijá-la depois.[102] Mais um e este é o último. Tão doce e tão fatal. Devo chorar, mas essas lágrimas são cruéis. A minha tristeza é divina: fere onde deve amar. Ela está acordando.

DESDÊMONA
Quem está aí? Otelo?

OTELO
Sim, Desdêmona.

DESDÊMONA
Venha deitar-se, meu senhor.

OTELO
Fez suas orações esta noite, Desdêmona?

DESDÊMONA
Sim, meu senhor.

OTELO
Se lembrar de algum crime ainda não confessado aos céus, implore agora.

DESDÊMONA
Ai de mim, senhor, o que quer dizer com isso?

---

[101] A espada e a balança eram emblemas da justiça.

[102] Morrer e ser morta podem estar associados à *the little death* (em português, "a pequena morte"), expressão idiomática e eufemismo para orgasmo.

OTELO
Faça-o, e seja breve, enquanto ando aqui ao lado. Não matarei sua alma em pecado. Não, que Deus me livre de matar sua alma.

DESDÊMONA
Fala em matar?

OTELO
Sim, falo.

DESDÊMONA
Então que os céus tenham piedade de mim!

OTELO
Amém, do fundo do meu coração!

DESDÊMONA
Se diz isso, espero que não me mate.

OTELO
Hum!

DESDÊMONA
No entanto eu o temo, pois o senhor é ameaçador quando seus olhos giram assim. Mas não sei por que deveria ter medo, uma vez que não conheço culpa. Mesmo assim sinto medo.

OTELO
Pense em seus pecados.

DESDÊMONA
Meu único pecado é amá-lo.

OTELO
Sim, vai morrer por causa disso.

DESDÊMONA
Matar por amor não é uma morte natural. Oh céus, por que seu lábio inferior treme desse jeito? Uma ideia sangrenta faz seu corpo tremer, são presságios sinistros; mesmo assim espero que não tenham relação comigo.

OTELO
Quieta e não se mexa.

DESDÊMONA
Assim o farei, mas qual é o problema?

OTELO
O lenço que eu amava tanto e que lhe dei, você deu a Cássio.

DESDÊMONA
Não, pela minha vida, mande chamar o homem e pergunte a ele.

OTELO
Doce alma, cuidado, cuidado com o falso testemunho. Você está em seu leito de morte.

DESDÊMONA
Eu? Mas não estou morta ainda.

OTELO
Estará muito em breve. Portanto, confesse seu pecado abertamente agora. Porque, mesmo se você jurar que é inocente de qualquer acusação, não conseguirá remover ou reprimir a forte convicção pela qual gemo. Você vai morrer.

DESDÊMONA
Então que o Senhor tenha piedade de mim!

OTELO
Eu digo amém.

DESDÊMONA
E que você tenha piedade também! Nunca lhe fiz nenhum mal em minha vida ... nunca estimei Cássio com outro amor que não fosse aquele que os céus aprovassem que eu o fizesse. Nunca lhe dei nenhum sinal de amor.

DESDÊMONA
Céus, eu vi meu lenço na mão dele. Mentirosa, você está transformando meu coração em pedra e leva-me a chamar o que pretendo cometer de crime, enquanto é sacrifício. Eu vi o lenço.

DESDÊMONA
Então ele o encontrou, pois nunca o dei a ele. Mande chamá-lo aqui. Deixe que ele fale a verdade.

OTELO
Ele confessou.

DESDÊMONA
O quê, senhor?

OTELO
Que ele a usou.[103]

DESDÊMONA
Como? Ilicitamente?

OTELO
Sim.

DESDÊMONA
Ele não diria isso.

---

[103] Usar: Aqui o sentido é usar alguém sexualmente, fazer sexo com alguém.

OTELO
Não, ele nunca mais dirá nada. O honesto Iago já providenciou isso.

DESDÊMONA
Ah! Meu temor finalmente revela. O quê, ele está morto?

OTELO
Se todos os meus cabelos fossem vidas, minha grande vingança seria consumi-los todos.[104]

DESDÊMONA
Ai de mim, ele foi traído e eu arruinada.

OTELO
O quê, sua puta, chora por ele na minha frente?

DESDÊMONA
Ah, mande-me para o exílio, senhor, mas não me mate!

OTELO
Deite, prostituta!

DESDÊMONA
Mate-me amanhã — deixe-me viver esta noite.

OTELO
Não, se você lutar comigo...

DESDÊMONA
Só meia hora!

OTELO
Na ação, não há pausa.

---

[104] Salmos 40,15: "Meus pecados são em maior número que os cabelos na minha cabeça."

DESDÊMONA
Mas deixe-me fazer mais uma oração!

OTELO
É tarde demais. (*Ele a sufoca*)

EMÍLIA
(*De fora do palco*) Senhor, senhor! O quê, ó senhor! Senhor! Senhor!

OTELO
Que barulho é esse? Não está morta? Não está completamente morta? Sou cruel, mas tenho misericórdia. Não desejaria que você se demorasse em sua dor. Assim. Isso.

EMÍLIA
(*Do lado de fora*)
O quê, senhor! Senhor, senhor!

OTELO
Quem está aí?

EMÍLIA
(*Do lado de fora*)
Ah, meu bom senhor, preciso dar-lhe uma palavra!

OTELO
Sim, é Emília. (*Para Emília*) Espere um minuto. — Ela está morta. — Emília deve ter vindo para falar sobre a morte de Cássio. O barulho lá fora foi alto. Ah, não se mexe mais? Tão quieta quanto um túmulo. Devo deixá-la entrar? Seria uma boa ideia? Creio que ela se mexe novamente. — Não. Qual é a melhor coisa a se fazer? Se ela entrar, certamente falará com minha esposa — Minha esposa! Minha esposa! Que esposa? Não tenho esposa. Ó hora insuportável, ó peso! Deveria haver um enorme eclipse do sol e da lua para que o globo, atônito, se embasbacasse frente o ocorrido.[105]

---

[105] Existe uma relação entre eclipses e terremotos que faz com que a terra boceje em hiatos. Terremotos acontecem também quando há eclipse do céu e da lua.

EMÍLIA
(*Do lado de fora*)
Por favor, deixe-me falar com o senhor!

OTELO
Tinha me esquecido de você. Ah, entre, Emília. Deixe-me puxar o cortinado da cama.

(*Emília entra*)

OTELO
Onde você está? Qual é o problema com você agora?

(*Destranca a porta*)

EMÍLIA
Ah, meu bom senhor, assassinatos horríveis foram cometidos!

OTELO
O quê? Agora?

EMÍLIA
Neste momento, senhor.

OTELO
É por causa da lua. Ela se aproxima mais da terra do que de costume e deixa os homens loucos.[106]

EMÍLIA
Cássio, senhor, matou um jovem veneziano chamado Rodrigo.

OTELO
Rodrigo foi morto? E Cássio foi morto?

---

[106] Naquele tempo acreditava-se que havia uma forte ligação entre a lua e a loucura. A palavra "lunático" é um bom exemplo disso.

EMÍLIA
Não, Cássio não está morto.

OTELO
Cássio não está morto? Então o assassinato não foi eficaz e a doce vingança está em desarmonia.

DESDÊMONA
Morta por mentira!

EMÍLIA
Ah, senhor, que grito foi esse?

OTELO
Esse? Qual?

EMÍLIA
Ah não, que infelicidade, é a voz de minha senhora; socorro, socorro, socorro! Ah senhora, fale novamente! Doce Desdêmona; ah, doce patroa, fale!

DESDÊMONA
Morro inocente.

EMÍLIA
Ah, quem fez uma coisa dessas?

DESDÊMONA
Ninguém, eu mesma, adeus. Recomende-me ao meu amado senhor, ah, adeus!

(*Morre*)

OTELO
Mas como, como é possível ela ter sido assassinada?

EMÍLIA
Ai, quem sabe?

OTELO
Você a ouviu dizer que não fui eu.

EMÍLIA
Assim ela disse. Devo ir e contar o que aconteceu.

OTELO
Como mentirosa que é, ela foi para o inferno ardente. Fui eu que a matei.

EMÍLIA
Ó, tão mais anjo ela era quanto o senhor o mais negro dos demônios!

OTELO
Ela se entregou à lascívia e se tornou uma puta.

EMÍLIA
O senhor a está caluniando. O senhor é um demônio.

OTELO
Ela era tão falsa quanto a água.

EMÍLIA
E o senhor queima, precipitado, como o fogo, ao afirmar que ela era infiel. Ela era verdadeira como um anjo!

OTELO
Cássio trepou com ela. Pergunte a seu marido, se duvida de mim. Ah, que eu seja amaldiçoado a viver abaixo das profundezas do inferno, se não tive uma boa razão para fazer essa barbaridade. Seu marido sabia de tudo.

EMÍLIA
Meu marido?

OTELO
Seu marido.

EMÍLIA
Que ela era infiel? No casamento?

OTELO
Sim, com Cássio. Se ela tivesse sido infiel, em outro mundo que os céus me conferissem, nem mesmo o maior e mais perfeito topázio me levaria a vendê-la.

EMÍLIA
Meu marido?

OTELO
Sim, foi ele quem primeiro me contou sobre ela. Ele é um homem honesto e odeia o lodo que se gruda nos atos imundos.

EMÍLIA
Meu marido!

OTELO
Por que você fica repetindo isso? Mulher, já disse que foi o seu marido.

EMÍLIA
Ah, senhora, a vilania zombou do amor! Meu marido disse que ela era infiel?

OTELO
Sim, ele mesmo, mulher. Estou dizendo "seu marido" — entende a palavra? Meu amigo, seu marido, o honesto Iago.

EMÍLIA
Se ele disse isso, que a sua alma destrutiva apodreça um pouco a cada dia. Ele mentiu do fundo de seu coração. Ela era apaixonada demais pela imunda barganha na qual ela se meteu.

(*Otelo saca sua espada*)

OTELO
Ha!

EMÍLIA
Não tenho medo de você. O que você fez não lhe fará merecedor do céu, assim como não foi merecedor dela.

OTELO
É melhor você se calar.

EMÍLIA
Sua força para me fazer mal não chega a metade da minha para sofrer. Ah, seu tolo! Ah, seu idiota! Seu estúpido! De uma ignorância imunda! Você cometeu um ato — não temo sua espada. Contarei ainda que perca vinte vidas. — Socorro! Socorro! Socorro! O Mouro matou minha senhora! Assassino, assassino!

(*Montano, Graciano e Iago entram*)

MONTANO
Qual é o problema, general?

EMÍLIA
Ah, você veio, Iago. Que belo trabalho você fez para ser acusado pelo crime dos outros?

GRACIANO
Qual é o problema, general?

EMÍLIA
(*A Iago*)
Prove a esse salafrário que ele está errado, se você for homem o bastante. Ele diz que você lhe contou que sua esposa era infiel. Eu sei que você não fez nada disso, pois não é um canalha. Fale, pois meu coração explode.

IAGO
Eu lhe disse o que achava. Não lhe disse nada a mais que ele não confirmou como provável ou verdadeiro.

EMÍLIA
Mas alguma vez você lhe disse que ela era infiel?

IAGO
Sim.

EMÍLIA
Você mentiu, uma mentira odiosa e maldita. Juro pela minha alma, uma mentira, uma mentira cruel. Ela foi infiel com Cássio? Você disse com Cássio?

IAGO
Com Cássio, mulher. Ande, controle sua língua.

EMÍLIA
Não ficarei quieta, tenho que falar. Minha senhora jaz assassinada em sua cama...

TODOS
Que o céu não permita!

EMÍLIA
E suas histórias alinhavaram o assassinato.

OTELO
Não pasmem, senhores. É verdade.

GRACIANO
É uma verdade estranha.

MONTANO
Que ato monstruoso!

EMÍLIA
Vilania, perversidade, perversidade! Suspeitei de tudo antes. Suspeitei e senti o cheiro da perversidade. Matar-me-ei de pesar. Ah, perversidade, perversidade!

IAGO
O quê, você está louca? Estou mandando, vá para casa.

EMÍLIA
Bondosos senhores, deixem-me falar. Próprio seria obedecê-lo, mas não neste momento. Talvez, Iago, eu nunca mais vá para casa!

OTELO
Ó! Ó! Ó!

(*Cai na cama*)

EMÍLIA
Isso, fique deitado e gema, pois você matou a mais doce e inocente mulher que jamais existiu!

OTELO
Ah, ela era imunda! — Quase não o reconheci, tio. Aí jaz sua sobrinha[107] morta. Cuja respiração, em verdade, estas mãos fizeram parar agora há pouco. Sei que parece horrível e cruel.

GRACIANO
Pobre Desdêmona! Ainda bem que seu pai está morto, pois seu casamento foi fatal a ele, e o sofrimento puro reduziu a linha da sua vida ao meio. Estivesse ele vivo agora, essa imagem o faria cometer um ato desesperado. Sim, ele amaldiçoaria seu anjo da guarda, o afastaria de si e desceria à danação no inferno.

---

[107] Graciano é irmão de Brabâncio e tio de Desdêmona.

OTELO
É uma lástima, porém Iago sabe que ela pecou com Cássio milhares de vezes. Cássio confessou e ela lhe recompensou pelos seus atos amorosos com um presente, o símbolo da celebração de nosso amor, com que eu lhe presenteei no início. Eu o vi em sua mão, era um lenço, uma lembrança antiga que meu pai dera à minha mãe.

EMÍLIA
Ah, céus! Ah, Deus do céu!

IAGO
Pelas chagas de Cristo, cale-se.

EMÍLIA
A verdade tem de ser revelada. A verdade tem de ser revelada! — Eu, calar-me? Não, vou falar tudo tão livremente quanto o vento. Ainda que os céus, homens e demônios, todos, gritem a minha vergonha, eu falo.

IAGO
Seja sensata e vá para casa.

EMÍLIA
Não vou.

(*Iago ameaça apunhalar Emília*)

GRACIANO
Que vergonha! Sua espada numa mulher?

EMÍLIA
Ah, seu Mouro tosco. Eu encontrei o lenço que menciona por acidente e o dei ao meu marido, pois ele muitas vezes implorou que eu o roubasse. Uma ninharia da qual ele era merecedor.

IAGO
Puta diabólica!

EMÍLIA
Acha que ela o tenha dado a Cássio? Não, ai de mim, eu o achei e o dei a meu marido.

IAGO
Sua imunda, você mente!

EMÍLIA
Pelos céus, não minto, não minto, senhores. — Ah, assassino pretensioso! Como pôde! Como um estúpido como você conseguiu uma esposa tão boa?

(*Otelo corre na direção de Iago. Iago apunhala Emília*)

OTELO
As pedras dos céus só servem para trovejar? Vilão desumano!

GRACIANO
A mulher caiu. Ele matou sua esposa!

EMÍLIA
Sim, sim. Deite-me ao lado de minha senhora.

(*Iago sai*)

GRACIANO
Ele fugiu e sua esposa está morta.

MONTANO
Ele é um vilão notório. Pegue esta arma que apanhei do Mouro. Venha, guarde a porta do lado de fora. Mate-o se ele quiser sair. Vou atrás daquele patife, daquele vilão maldito.

(*Montano e Graciano saem*)

OTELO
Eu tampouco sou valoroso. Qualquer fracote pode se apossar de minha espada. Mas por que a honra deveria sobreviver à honestidade? Que tudo se acabe.

EMÍLIA
O que sua canção pressagiava, senhora? Me ouve? Serei o cisne. E morrerei com música...[108] (*Cantando*) Chora, chorão, chorão... Mouro, ela era casta. Ela o amava, Mouro cruel. Que minha alma venha a ser abençoada, pois falo o que penso. Ai de mim, morro.

(*Morre*)

OTELO
Tenho outra arma neste quarto. Era uma espada espanhola, temperada em um córrego muito gelado. Ah, aqui está ela. Tio, tenho que sair.

GRACIANO
(*Do lado de fora*)
Se fizer isso, irá lhe custar caro. Você não tem arma, e, portanto, terá que sofrer.

OTELO
Olhe para mim e fale comigo ou irei lhe atacar mesmo sem espada.

(*Graciano entra*)

GRACIANO
Qual é o problema?

---

[108] Uma alusão à crença de que o cisne, que normalmente não canta, canta, antes de morrer, sua própria canção fúnebre. Tal crença já era conhecida pelos gregos, por volta de século IV a.C.

OTELO
Veja, tenho uma arma, a melhor que um soldado jamais poderia sustentar sobre sua coxa. Houve o dia em que com apenas este braço e esta excelente espada podia combater vinte vezes mais batalhas do que você com sua arma. Mas ah, que estúpida vanglória! Quem pode controlar seu destino? As coisas mudaram agora. Não tenha medo de me ver com esta espada. Este é o final da minha jornada, meu fim, o último cais da minha última vela. Você recua consternado? É um temor sem motivo. Basta que aponte uma pena para o peito de Otelo e ele recuará. Para onde iria Otelo agora? — Como está sua aparência agora? Ah, desafortunada amada, Desdêmona,[109] tão pálida quanto sua camisola. Quando nos encontrarmos no Dia do Julgamento, esse seu olhar vai banir minha alma do paraíso e os demônios irão capturá-la. Casta e fria, minha menina?[110] Como a sua castidade. Ah, vilão maldito, maldito! Açoitem-me, demônios, para que eu não tenha que olhar para essa visão celestial! Soprem ventos quentes em mim, assem-me em ácido sulfúrico, lavem-me em oceanos de fogo líquido! — Ó, Desdêmona, Desdêmona; morta! Ó, ó!

(*Ludovico e Montano entram, seguidos de Cássio, carregado em uma cadeira, e oficiais entram com Iago, feito prisioneiro*)

LUDOVICO
Onde está esse homem impetuoso e tão desafortunado?

---

[109] Desafortunada, do inglês *ill-starred*, aquela que tem a má estrela; talvez uma alusão ao nome de Desdêmona, que, segundo Cíntio, significa aquela que tem má sorte. Giovanni Battista Giraldi (1504–1573), apelidado Cinzo em italiano, escreveu poemas e *novellas*, — textos narrativos em prosa. Em seu livro *Gli Hecatommithi*, uma coletânea de cem contos, há um que pode ter sido a fonte maior de Shakespeare ao escrever *Otelo*.

[110] Do inglês: *Cold, cold my girl*. *Cold* tinha os significados de fria, gélida, casta; aquela que carece de paixão sensual.

OTELO
Aquele que um dia foi Otelo? Aqui estou.

LUDOVICO
Onde está aquela víbora? Traga o miserável à frente.

OTELO
Olho para baixo.[111] Se você for o diabo, não serei capaz de matá-lo.

(*Otelo dá uma estocada em Iago*)

LUDOVICO
Arranquem essa espada dele.

IAGO
Estou sangrando, senhor, mas não me matou.

OTELO
Não me lamento por isso. Quero que você viva, porém para mim, a morte é a felicidade.

LUDOVICO
Ah, Otelo, um dia você foi tão bom, mas depois foi enganado por um monstro. O que posso lhe dizer?

OTELO
Pode dizer qualquer coisa. Que fui um honrado assassino, se quiser. Pois não fiz nada por ódio, mas tudo pela honra.

LUDOVICO
Essa desgraçada criatura confessou em parte seu rude plano. Você planejou a morte de Cássio com ele?

OTELO
Sim.

---

[111] Com o intuito de ver se você tem patas divididas como o diabo.

CÁSSIO
Caro general, nunca lhe dei nenhum motivo.

OTELO
Eu realmente acredito nisso e peço-lhe seu perdão. Poderia fazer com que a metade-demônio dissesse por que me armou uma cilada e destruiu minha alma e meu corpo?

IAGO
Não me pergunte nada. Você sabe o que sabe. De agora em diante, não direi mais nenhuma palavra.

LUDOVICO
O quê? Nem mesmo uma prece?

GRACIANO
A tortura abrirá seus lábios.

OTELO
É melhor nem dizer.

LUDOVICO
Senhor, entenderá tudo o que aconteceu, o que acredito não saber. Tenho aqui uma carta que achei no bolso de Rodrigo, aquele que foi assassinado. E aqui outra. Esta dá detalhes de como Rodrigo deveria levar Cássio à luta.

OTELO
Ah, monstro!

CÁSSIO
Um bárbaro vil e cruel!

LUDOVICO
Aqui está outra carta malfadada que também encontrei no bolso de Rodrigo. Parece que ele tinha em mente enviá-la para esse maldito salafrário, mas é provável que bem a tempo Iago tenha vindo e respondido às suas reclamações matando-o.

OTELO
Ah, seu canalha perverso! Cássio, como conseguiu o lenço de minha esposa?

CÁSSIO
Encontrei-o em meu quarto. Como Iago acaba de confessar, ele o jogou lá pensando na intenção de conseguir o que queria.

OTELO
Ah tolo, tolo, tolo sou eu!

CÁSSIO
Na carta, Rodrigo ainda acusa Iago de tê-lo feito me atacar quando estava de guarda, o que me fez ser demitido do meu cargo. E, embora permanecesse morto, ainda há pouco, ele afirmou que foi Iago que o feriu, foi Iago que o instigou.

LUDOVICO
(*Para Otelo*)
Você deve sair deste quarto e ir conosco. Seu poder e comando lhe foram removidos e Cássio governará Chipre. Quanto a esse patife, se existe alguma tortura engenhosa que o faça sofrer muito, porém que o mantenha vivo por muito tempo, será a dele. Você permanecerá prisioneiro até que a natureza de seus crimes seja conhecida pelo Estado de Veneza. Vamos, leve-o embora.

OTELO
Esperem um momento, uma palavra ou duas antes que vocês se vão. Prestei serviços ao Estado veneziano e eles sabem. Chega disso. Rogo-lhe, em suas cartas, que, quando contarem esses fatos desafortunados, falem de mim exatamente como sou. Não diminuam em nada nem exagerem sendo hostis. Falem daquele que, não sabendo amar, amou demais. Daquele que não tinha ciúmes fáceis, mas, quando incitado, desnorteou-se ao extremo. Descrevam-me como um desprezível hindu cuja mão jogou uma pérola fora, mais

preciosa que toda a sua tribo. Como alguém de olhar subjugado que, embora forasteiro ao costume das emoções, derrama lágrimas tal qual a seiva medicinal verte das árvores árabes. Escrevam e digam ainda que certa ocasião em Alepo, quando um turco perverso de turbante bateu em um veneziano e difamou a sua pátria, eu agarrei o cão peçonhento circuncidado pelo pescoço e o apunhalei assim.

(*Otelo apunhala-se*)

LUDOVICO
Ó, que final sangrento!

GRACIANO
Palavras desvirtuadas.

OTELO
(*Para Desdêmona*)
Eu a beijei ao matá-la. Não existe outra maneira senão esta: morrerei enquanto a beijo.

(*Otelo beija Desdêmona e morre*)

CÁSSIO
Temia que isso pudesse acontecer, mas acreditava que ele não tivesse nenhuma arma. Tinha um grande coração.[112]

LUDOVICO
(*Para Iago*)
Ah, cão espartano,[113] você é mais terrível do que a angústia, a fome ou o mar. Olhe para a carga trágica nessa cama. Esse cenário envenena nossa visão, vamos escondê-lo.[114]

---

[112] Em inglês, *great of heart* também quer dizer bom espírito, orgulho.

[113] Uma variedade de cão de caça conhecido por sua ferocidade e seu silêncio.

[114] Esconder cobrindo com um lençol os corpos ou baixando o cortinado da cama.

— Graciano, fique na casa e confisque as propriedades do Mouro, pois você é o herdeiro. Governador, confiro o encargo de julgar e punir esse monstro infernal: o tempo, o lugar, a tortura. Ah, faça com que a lei se cumpra! Eu mesmo embarcarei imediatamente para Veneza para contar ao Estado esses terríveis eventos.

(*Saem*)

POSFÁCIO

O OTELO ERÓTICO DE SHAKESPEARE

Marilise Rezende Bertin*

Segundo Stanley Wells,[1] *Otelo* é uma peça cujo tema versa sobre *sexual jealousy*, cuja tradução ao pé da letra é "ciúme sexual". Como já sabemos, o ciúmes nutrido por Otelo em relação à Desdêmona deriva de uma falsa traição amorosa. Donde conclui-se que esse tipo de ciúmes traz uma carga sexual clara: Otelo pensa que Desdêmona, sua esposa, tem como amante o tenente Michel Cássio. A crença do Mouro fundamenta-se nas afirmações e provas forjadas por Iago, personagem forte e audaciosa que enreda Otelo na teia do ciúmes. Contudo, ao compor a tragédia *Otelo*, Shakespeare

---

* Mestre em Literatura Inglesa pela FFLCH, USP, escreveu artigos para os *Cadernos de literatura em tradução*, (FFLCH, USP), assim como produziu um capítulo para o livro *The Silk Road of Adaptation: Transformations across Disciplines and Cultures* (Editora: Cambridge Scholars Publishing, 2013). Autora de traduções e adaptações de obras de William Shakespeare, escreveu três adaptações bilíngues: *Hamlet* (publicada em 2005 e finalista do prêmio Jabuti ano de 2006, categoria tradução), *Romeo and Juliet* (2006) e *Othello* (2008) escritas com a colaboração de John Milton (Editora Disal). Escreveu uma adaptação solo em forma de novela, *O mercador de Veneza*, publicada pela Editora Scipione em 2010. Revisou e prefaciou *Os contos de Shakespeare*, de Charles e Mary Lamb, tradução de Mario Quintana; Editora Globo Livros, 8ª edição, 2013. Traduziu para a Editora Martin Claret *Sonho de uma noite de verão*, publicado em 2013.

[1] Stanley Wells: *Shakespeare: sex & love*. Oxford: Oxford University Press, 2012.

fez uso intenso do erótico, colocando-o na boca de praticamente todas as personagens da peça, e não apenas na de Iago, o que vale dizer que a peça transpira sexualidade. Essa sexualidade pode se apresentar de forma mais direta, ou pode vir de maneira camuflada, nos jogos de diversos sentidos de palavras ou de frases ambíguas, que trazem, além do sentido mais geral, um outro sentido, o sexual, encoberto.

Partindo do princípio que o erótico tem um peso importante na peça, este texto irá se ater na comprovação dessa afirmação, através de exemplificações extraídas da peça do bardo inglês. Nos próximos parágrafos, teremos a análise de dois excertos de cunho erótico, obsceno e chulo, pronunciados pelo alferes Iago. O primeiro aparece logo na primeira cena do Ato I, em uma provocação tumultuada de Iago para com Brabâncio, que se dá aos gritos, na rua, ao revelar ao ancião que sua filha, Desdêmona, havia partido para os braços do Mouro. As frases por ele usadas são fortes e incisivas. O uso do sexo grosseiro tem como intuito não somente convencer o pai da jovem que ela está com Otelo, mas deixar claro que o casal tem uma conduta imoral, lasciva. Expressões com animais trazem à baila o sexo grosseiro: "Sua filha vai ser *coberta* por um *garanhão*, [...] seus netos *relincharão* para você"; "[Desdêmona] e o Mouro estão *fazendo a besta* com duas costas."

Praticamente todas as falas de Iago, ao longo da peça, são de cunho sexual grosseiro. O alferes faz uso delas para chocar e criar mais atrito entre aqueles que ouvem suas falas? Iago é de nível social mais baixo, se comparado a Otelo ou à Desdêmona, o que justifica suas falas de baixo calão? Ele é um pervertido e só vê sexo em tudo à sua volta? Certamente ele é um mistura de tudo isso. Ele parece se divertir ao maquinar planos de destruição contra Otelo, Cássio e Desdêmona. Ele afirma querer se vingar por ter perdido o posto de tenente para Cássio, posto esse que almejava para si, por direito. Logo, o alferes decide que irá desejar Desdêmona, para que sua ideia de vingança se torne ainda mais intensa. E decide acreditar que sua esposa, Emília, dormira com Otelo e Cássio para que seu ódio contra os dois homens seja fortalecido, de tal modo que esse sentimento o insufle ainda mais contra eles, e o estimule na produção de seus planos mirabólicos de vingança.

Em suas conversas constantes com o Mouro, Iago passa a infernizá-lo. Fazendo uso de suas criações diabólicas, nesses momentos, as conversas entre ele e Otelo são sempre a respeito do que o casal de amantes faziam juntos, questionando até que ponto poder-se-ia afirmar que a suposta traição do casal seria sexual, ou que esta não passaria de algo mais ingênuo. Observemos um excerto de uma dessas falas. Ele está no início do Ato IV, Cena I. É claro que Iago se faz de ingênuo também, com a intenção de fazer com que suas "dúvidas" soem como se fossem verdadeiras. As frases em itálico trazem o erótico.

IAGO
Um beijo a sós?
OTELO
Um beijo proibido?
IAGO
Ou então ela ficou nua na cama com seu amante por uma hora ou mais, mas não fizeram nada de errado?
OTELO
Nua na cama, Iago, sem fazer nada de errado? Ora, Iago, seria como pregar uma peça no diabo. Os virtuosos que agem assim; são tentados na sua virtude pelo demônio e tentam também aos céus.

A insistência de Iago em fazer com que o Mouro acredite em seu argumento acaba por fazer com que o alferes alcance seu objetivo. Otelo, fora de si, resolve ir às vias de fato e liquidar Desdêmona. Este último, por ser o herói trágico, por pertencer à classe social mais alta, verbaliza o sexo de maneira menos agressiva, na maioria das vezes, camuflada, eufemizada, com maior discrição. Observemos a fala do Mouro dirigida à Desdêmona, logo após receber notícias de Veneza de que deverá deixar Chipre ao encargo de Cássio. Essa fala está no Ato IV, Cena II. A nota sobre o verbo *turn*, assim como seus vários sentidos e suas diversas traduções em português, é um bom exemplo de um termo que traz múltiplos sentidos, porém o sexual impera, apesar de ele estar eufemizado.

OTELO
Sim, você insistiu para que eu a fizesse voltar.* Senhor, ela pode voltar, e dar de costas, e continuar, e voltar e dar de costas de novo.

* Nessa fala Otelo faz uso do verbo *turn* várias vezes. Tem um sentido duplo, um deles significando que ela poderia fazer o que qualquer um quisesse, mas também tem uma conotação sexual. Em "ela pode voltar, virar ou dar de costas de novo" poderia querer dizer que ela seria capaz de fazer sexo inúmeras vezes com muitas pessoas. Nesse sentido, Otelo a chama de prostituta.

Como afirmamos anteriormente, outras personagens fazem uso do erótico. A própria Desdêmona o expressa, apesar de eufemizá-lo, ao pedir aos togados que permitam que ela embarque com Otelo para Chipre. Sem o Mouro, afirma a dama:

Dessa maneira, caros senhores, se eu for deixada para trás e ele for para a guerra, serei como uma mariposa no escuro da noite, *ficarei privada dos privilégios que me pertencem como esposa* e terei de suportar por longo tempo sua custosa ausência. Deixe-me ir com ele. (Ato I, Cena III)

Um dos sentidos ocultos no termo "privilégios", dos quais Desdêmona ficará privada, certamente é o prazer do sexo.
Por outro lado, Cássio tem uma amante, Bianca, e se refere a ela de maneira sexualizada, mas grosseira. O sexo animalesco é utilizado pelo ex-tenente, quando este chama Bianca de *macaca*, animal este que tem conotações libidinosas (Ato IV, Cena I). Observemos o excerto abaixo.

CÁSSIO
Eu, me casar com ela? Uma *vadia*? Por favor. Seja condescendente com minha inteligência! Não sou idiota. Ha, ha, ha!
[...]CÁSSIO
A *macaca* deve ter começado o boato ela mesma. Ela acredita que vou me casar com ela porque me ama e se sente feliz de pensar assim. Nunca prometi nada.

Emília também se utiliza do erótico ao expor seu pensamento sobre a maneira como os homens tratam as mulheres. O verbo *comer* cria a imagem que perpetuará em toda a sua fala.

DESDÊMONA
Nunca vi isso antes. Certamente existe alguma magia nesse lenço. Estou realmente triste por tê-lo perdido.
EMÍLIA
Leva mais de um ano ou dois para conhecermos um homem. *São todos estômagos e nós comida. Nos comem vorazmente e, quando empanturrados, nos arrotam.* (Ato III, Cena IV)

Neste tópico foram analisados alguns excertos que representam falas de personagens importantes na peça *Otelo*. Shakespeare, como em grande parte de sua obra, cria uma imagem maior, central, que governa a peça inteira. Atrelada a ela, o bardo desenvolve outras menores, que se identificam e complementam a maior, dando à peça força e viço. Na tragédia *Otelo*, especificamente, ousamos afirmar que a grande imagem é a da *sexual jealousy*, e o sexo caminha junto a ela. Em seu entorno, várias imagens menores de traições amorosas e sexo são expressadas por outras personagens. Emília menciona a traição masculina à Desdêmona e afirma categoricamente que trairia seu homem se fosse por uma boa causa. Bianca desconfia que Cássio a trai por causa deste tratá-la com um falso carinho e com desprezo.

A impressão que se tem, cada vez que se relê a peça *Otelo*, assim como outras peças shakespearianas, é que a enxergamos por meio de um caleidoscópio, uma vez que imagens diversas, advindas de um mesmo assunto, mas maior, saltam aos nossos olhos, sempre novas, mas sempre derivadas dele, como se fossem partes de um todo.

O objetivo, a filosofia e a missão da Editora Martin Claret

O principal objetivo da Martin Claret é contribuir para a difusão da educação e da cultura, por meio da democratização do livro, usando os canais de comercialização habituais, além de criar novos.

A filosofia de trabalho da Martin Claret consiste em produzir livros de qualidade a um preço acessível, para que possam ser apreciados pelo maior número possível de leitores.

A missão da Martin Claret é conscientizar e motivar as pessoas a desenvolver e utilizar o seu pleno potencial espiritual, mental, emocional e social.

O livro muda as pessoas. Revolucione-se: leia mais para ser mais!

MARTIN CLARET

Relação dos Volumes Publicados

1. Dom Casmurro
   Machado de Assis
2. O Príncipe
   Maquiavel
3. Mensagem
   Fernando Pessoa
4. O Lobo do Mar
   Jack London
5. A Arte da Prudência
   Baltasar Gracián
6. Iracema / Cinco Minutos
   José de Alencar
7. Inocência
   Visconde de Taunay
8. A Mulher de 30 Anos
   Honoré de Balzac
9. A Moreninha
   Joaquim Manuel de Macedo
10. A Escrava Isaura
    Bernardo Guimarães
11. As Viagens - "Il Milione"
    Marco Polo
12. O Retrato de Dorian Gray
    Oscar Wilde
13. A Volta ao Mundo em 80 Dias
    Júlio Verne
14. A Carne
    Júlio Ribeiro
15. Amor de Perdição
    Camilo Castelo Branco
16. Sonetos
    Luís de Camões
17. O Guarani
    José de Alencar
18. Memórias Póstumas de Brás Cubas
    Machado de Assis
19. Lira dos Vinte Anos
    Álvares de Azevedo
20. Apologia de Sócrates / Banquete
    Platão
21. A Metamorfose/Um Artista da Fome/Carta a Meu Pai
    Franz Kafka
22. Assim Falou Zaratustra
    Friedrich Nietzsche
23. Triste Fim de Policarpo Quaresma
    Lima Barreto
24. A Ilustre Casa de Ramires
    Eça de Queirós
25. Memórias de um Sargento de Milícias
    Manuel Antônio de Almeida
26. Robinson Crusoé
    Daniel Defoe
27. Espumas Flutuantes
    Castro Alves
28. O Ateneu
    Raul Pompeia
29. O Noviço / O Juiz de Paz da Roça / Quem Casa Quer Casa
    Martins Pena
30. A Relíquia
    Eça de Queirós
31. O Jogador
    Dostoiévski
32. Histórias Extraordinárias
    Edgar Allan Poe
33. Os Lusíadas
    Luís de Camões
34. As Aventuras de Tom Sawyer
    Mark Twain
35. Bola de Sebo e Outros Contos
    Guy de Maupassant
36. A República
    Platão
37. Elogio da Loucura
    Erasmo de Rotterdam
38. Caninos Brancos
    Jack London
39. Hamlet
    William Shakespeare
40. A Utopia
    Thomas More
41. O Processo
    Franz Kafka
42. O Médico e o Monstro
    Robert Louis Stevenson
43. Ecce Homo
    Friedrich Nietzsche
44. O Manifesto do Partido Comunista
    Marx e Engels
45. Discurso do Método / Regras para a Direção do Espírito
    René Descartes
46. Do Contrato Social
    Jean-Jacques Rousseau
47. A Luta pelo Direito
    Rudolf von Ihering
48. Dos Delitos e das Penas
    Cesare Beccaria
49. A Ética Protestante e o Espírito do Capitalismo
    Max Weber
50. O Anticristo
    Friedrich Nietzsche
51. Os Sofrimentos do Jovem Werther
    Goethe
52. As Flores do Mal
    Charles Baudelaire
53. Ética a Nicômaco
    Aristóteles
54. A Arte da Guerra
    Sun Tzu
55. Imitação de Cristo
    Tomás de Kempis
56. Cândido ou o Otimismo
    Voltaire
57. Rei Lear
    William Shakespeare
58. Frankenstein
    Mary Shelley
59. Quincas Borba
    Machado de Assis
60. Fedro
    Platão
61. Política
    Aristóteles
62. A Viuvinha / Encarnação
    José de Alencar
63. As Regras do Método Sociológico
    Emile Durkheim
64. O Cão dos Baskervilles
    Sir Arthur Conan Doyle
65. Contos Escolhidos
    Machado de Assis
66. Da Morte / Metafísica do Amor / Do Sofrimento do Mundo
    Arthur Schopenhauer
67. As Minas do Rei Salomão
    Henry Rider Haggard
68. Manuscritos Econômico-Filosóficos
    Karl Marx
69. Um Estudo em Vermelho
    Sir Arthur Conan Doyle
70. Meditações
    Marco Aurélio
71. A Vida das Abelhas
    Maurice Materlinck
72. O Cortiço
    Aluísio Azevedo
73. Senhora
    José de Alencar
74. Brás, Bexiga e Barra Funda / Laranja da China
    Antônio de Alcântara Machado
75. Eugênia Grandet
    Honoré de Balzac
76. Contos Gauchescos
    João Simões Lopes Neto
77. Esaú e Jacó
    Machado de Assis
78. O Desespero Humano
    Sören Kierkegaard
79. Dos Deveres
    Cícero
80. Ciência e Política
    Max Weber
81. Satíricon
    Petrônio
82. Eu e Outras Poesias
    Augusto dos Anjos
83. Farsa de Inês Pereira / Auto da Barca do Inferno / Auto da Alma
    Gil Vicente
84. A Desobediência Civil e Outros Escritos
    Henry David Toreau
85. Para Além do Bem e do Mal
    Friedrich Nietzsche
86. A Ilha do Tesouro
    R. Louis Stevenson
87. Marília de Dirceu
    Tomás A. Gonzaga
88. As Aventuras de Pinóquio
    Carlo Collodi
89. Segundo Tratado Sobre o Governo
    John Locke
90. Amor de Salvação
    Camilo Castelo Branco
91. Broquéis/Faróis/ Últimos Sonetos
    Cruz e Souza
92. I-Juca-Pirama / Os Timbiras / Outros Poemas
    Gonçalves Dias
93. Romeu e Julieta
    William Shakespeare
94. A Capital Federal
    Arthur Azevedo
95. Diário de um Sedutor
    Sören Kierkegaard
96. Carta de Pero Vaz de Caminha a El-Rei Sobre o Achamento do Brasil
97. Casa de Pensão
    Aluísio Azevedo
98. Macbeth
    William Shakespeare

99. ÉDIPO REI/ANTÍGONA
Sófocles
100. LUCÍOLA
José de Alencar
101. AS AVENTURAS DE SHERLOCK HOLMES
Sir Arthur Conan Doyle
102. BOM-CRIOULO
Adolfo Caminha
103. HELENA
Machado de Assis
104. POEMAS SATÍRICOS
Gregório de Matos
105. ESCRITOS POLÍTICOS / A ARTE DA GUERRA
Maquiavel
106. UBIRAJARA
José de Alencar
107. DIVA
José de Alencar
108. EURICO, O PRESBÍTERO
Alexandre Herculano
109. OS MELHORES CONTOS
Lima Barreto
110. A LUNETA MÁGICA
Joaquim Manuel de Macedo
111. FUNDAMENTAÇÃO DA METAFÍSICA DOS COSTUMES E OUTROS ESCRITOS
Immanuel Kant
112. O PRÍNCIPE E O MENDIGO
Mark Twain
113. O DOMÍNIO DE SI MESMO PELA AUTO-SUGESTÃO CONSCIENTE
Emile Coué
114. O MULATO
Aluísio Azevedo
115. SONETOS
Florbela Espanca
116. UMA ESTADIA NO INFERNO / POEMAS / CARTA DO VIDENTE
Arthur Rimbaud
117. VÁRIAS HISTÓRIAS
Machado de Assis
118. FÉDON
Platão
119. POESIAS
Olavo Bilac
120. A CONDUTA PARA A VIDA
Ralph Waldo Emerson
121. O LIVRO VERMELHO
Mao Tsé-Tung
122. ORAÇÃO AOS MOÇOS
Rui Barbosa
123. OTELO, O MOURO DE VENEZA
William Shakespeare
124. ENSAIOS
Ralph Waldo Emerson
125. DE PROFUNDIS / BALADA DO CÁRCERE DE READING
Oscar Wilde
126. CRÍTICA DA RAZÃO PRÁTICA
Immanuel Kant
127. A ARTE DE AMAR
Ovídio Naso
128. O TARTUFO OU O IMPOSTOR
Molière
129. METAMORFOSES
Ovídio Naso
130. A GAIA CIÊNCIA
Friedrich Nietzsche
131. O DOENTE IMAGINÁRIO
Molière
132. UMA LÁGRIMA DE MULHER
Aluísio Azevedo
133. O ÚLTIMO ADEUS DE SHERLOCK HOLMES
Sir Arthur Conan Doyle
134. CANUDOS - DIÁRIO DE UMA EXPEDIÇÃO
Euclides da Cunha
135. A DOUTRINA DE BUDA
Siddharta Gautama
136. TAO TE CHING
Lao-Tsé
137. DA MONARQUIA / VIDA NOVA
Dante Alighieri
138. A BRASILEIRA DE PRAZINS
Camilo Castelo Branco
139. O VELHO DA HORTA/QUEM TEM FARELOS?/AUTO DA ÍNDIA
Gil Vicente
140. O SEMINARISTA
Bernardo Guimarães
141. O ALIENISTA / CASA VELHA
Machado de Assis
142. SONETOS
Manuel du Bocage
143. O MANDARIM
Eça de Queirós
144. NOITE NA TAVERNA / MACÁRIO
Álvares de Azevedo
145. VIAGENS NA MINHA TERRA
Almeida Garrett
146. SERMÕES ESCOLHIDOS
Padre Antonio Vieira
147. OS ESCRAVOS
Castro Alves
148. O DEMÔNIO FAMILIAR
José de Alencar
149. A MANDRÁGORA / BELFAGOR, O ARQUIDIABO
Maquiavel
150. O HOMEM
Aluísio Azevedo
151. ARTE POÉTICA
Aristóteles
152. A MEGERA DOMADA
William Shakespeare
153. ALCESTE/ELECTRA/HIPÓLITO
Eurípedes
154. O SERMÃO DA MONTANHA
Huberto Rohden
155. O CABELEIRA
Franklin Távora
156. RUBÁIYÁT
Omar Khayyám
157. LUZIA-HOMEM
Domingos Olímpio
158. A CIDADE E AS SERRAS
Eça de Queirós
159. A RETIRADA DA LAGUNA
Visconde de Taunay
160. A VIAGEM AO CENTRO DA TERRA
Júlio Verne
161. CARAMURU
Frei Santa Rita Durão
162. CLARA DOS ANJOS
Lima Barreto
163. MEMORIAL DE AIRES
Machado de Assis
164. BHAGAVAD GITA
Krishna
165. O PROFETA
Khalil Gibran
166. AFORISMOS
Hipócrates
167. KAMA SUTRA
Vatsyayana
168. HISTÓRIAS DE MOWGLI
Rudyard Kipling
169. DE ALMA PARA ALMA
Huberto Rohden
170. ORAÇÕES
Cícero
171. SABEDORIA DAS PARÁBOLAS
Huberto Rohden
172. SALOMÉ
Oscar Wilde
173. DO CIDADÃO
Thomas Hobbes
174. PORQUE SOFREMOS
Huberto Rohden
175. EINSTEIN: O ENIGMA DO UNIVERSO
Huberto Rohden
176. A MENSAGEM VIVA DO CRISTO
Huberto Rohden
177. MAHATMA GANDHI
Huberto Rohden
178. A CIDADE DO SOL
Tommaso Campanella
179. SETAS PARA O INFINITO
Huberto Rohden
180. A VOZ DO SILÊNCIO
Helena Blavatsky
181. FREI LUÍS DE SOUSA
Almeida Garrett
182. FÁBULAS
Esopo
183. CÂNTICO DE NATAL/ OS CARRILHÕES
Charles Dickens
184. CONTOS
Eça de Queirós
185. O PAI GORIOT
Honoré de Balzac
186. NOITES BRANCAS E OUTRAS HISTÓRIAS
Dostoiévski
187. MINHA FORMAÇÃO
Joaquim Nabuco
188. PRAGMATISMO
William James
189. DISCURSOS FORENSES
Enrico Ferri
190. MEDEIA
Eurípedes
191. DISCURSOS DE ACUSAÇÃO
Enrico Ferri
192. A IDEOLOGIA ALEMÃ
Marx & Engels
193. PROMETEU ACORRENTADO
Ésquilo
194. IAIÁ GARCIA
Machado de Assis
195. DISCURSOS NO INSTITUTO DOS ADVOGADOS BRASILEIROS / DISCURSO NO COLÉGIO ANCHIETA
Rui Barbosa
196. ÉDIPO EM COLONO
Sófocles
197. A ARTE DE CURAR PELO ESPÍRITO
Joel S. Goldsmith
198. JESUS, O FILHO DO HOMEM
Khalil Gibran
199. DISCURSO SOBRE A ORIGEM E OS FUNDAMENTOS DA DESIGUAL- DADE ENTRE OS HOMENS
Jean-Jacques Rousseau
200. FÁBULAS
La Fontaine
201. O SONHO DE UMA NOITE DE VERÃO
William Shakespeare

202. Maquiavel, o Poder
    José Nivaldo Junior
203. Ressurreição
    Machado de Assis
204. O Caminho da Felicidade
    Huberto Rohden
205. A Velhice do Padre Eterno
    Guerra Junqueiro
206. O Sertanejo
    José de Alencar
207. Gitanjali
    Rabindranath Tagore
208. Senso Comum
    Thomas Paine
209. Canaã
    Graça Aranha
210. O Caminho Infinito
    Joel S. Goldsmith
211. Pensamentos
    Epicuro
212. A Letra Escarlate
    Nathaniel Hawthorne
213. Autobiografia
    Benjamin Franklin
214. Memórias de
    Sherlock Holmes
    Sir Arthur Conan Doyle
215. O Dever do Advogado /
    Posse de Direitos Pessoais
    Rui Barbosa
216. O Tronco do Ipê
    José de Alencar
217. O Amante de Lady
    Chatterley
    D. H. Lawrence
218. Contos Amazônicos
    Inglês de Souza
219. A Tempestade
    William Shakespeare
220. Ondas
    Euclides da Cunha
221. Educação do Homem
    Integral
    Huberto Rohden
222. Novos Rumos para a
    Educação
    Huberto Rohden
223. Mulherzinhas
    Louise May Alcott
224. A Mão e a Luva
    Machado de Assis
225. A Morte de Ivan Ilicht
    / Senhores e Servos
    Leon Tolstói
226. Álcoois e Outros Poemas
    Apollinaire
227. Pais e Filhos
    Ivan Turguêniev
228. Alice no País das
    Maravilhas
    Lewis Carroll
229. À Margem da História
    Euclides da Cunha
230. Viagem ao Brasil
    Hans Staden
231. O Quinto Evangelho
    Tomé
232. Lorde Jim
    Joseph Conrad
233. Cartas Chilenas
    Tomás Antônio Gonzaga
234. Odes Modernas
    Anntero de Quental
235. Do Cativeiro Babilônico
    da Igreja
    Martinho Lutero
236. O Coração das Trevas
    Joseph Conrad
237. Thais
    Anatole France
238. Andrômaca / Fedra
    Racine
239. As Catilinárias
    Cícero
240. Recordações da Casa
    dos Mortos
    Dostoiévski
241. O Mercador de Veneza
    William Shakespeare
242. A Filha do Capitão /
    A Dama de Espadas
    Aleksandr Púchkin
243. Orgulho e Preconceito
    Jane Austen
244. A Volta do Parafuso
    Henry James
245. O Gaúcho
    José de Alencar
246. Tristão e Isolda
    Lenda Medieval Celta de Amor
247. Poemas Completos de
    Alberto Caeiro
    Fernando Pessoa
248. Maiakóvski
    Vida e Poesia
249. Sonetos
    William Shakespeare
250. Poesia de Ricardo Reis
    Fernando Pessoa
251. Papéis Avulsos
    Machado de Assis
252. Contos Fluminenses
    Machado de Assis
253. O Bobo
    Alexandre Herculano
254. A Oração da Coroa
    Demóstenes
255. O Castelo
    Franz Kafka
256. O Trovejar do Silêncio
    Joel S. Goldsmith
257. Alice na Casa dos Espelhos
    Lewis Carrol
258. Miséria da Filosofia
    Karl Marx
259. Júlio César
    William Shakespeare
260. Antônio e Cleópatra
    William Shakespeare
261. Filosofia da Arte
    Huberto Rohden
262. A Alma Encantadora
    das Ruas
    João do Rio
263. A Normalista
    Adolfo Caminha
264. Pollyanna
    Eleanor H. Porter
265. As Pupilas do Senhor Reitor
    Júlio Diniz
266. As Primaveras
    Casimiro de Abreu
267. Fundamentos do Direito
    Léon Duguit
268. Discursos de Metafísica
    G. W. Leíbniz
269. Sociologia e Filosofia
    Emile Durkheim
270. Cancioneiro
    Fernando Pessoa
271. A Dama das Camélias
    Alexandre Dumas (filho)
272. O Divórcio /
    As Bases da Fé /
    e outros textos
    Rui Barbosa
273. Pollyanna Moça
    Eleanor H. Porter
274. O 18 Brumário de
    Luís Bonaparte
    Karl Marx
275. Teatro de Machado de Assis
    Antologia
276. Cartas Persas
    Montesquieu
277. Em Comunhão com Deus
    Huberto Rohden
278. Razão e Sensibilidade
    Jane Austen
279. Crônicas Selecionadas
    Machado de Assis
280. Histórias da Meia-Noite
    Machado de Assis
281. Cyrano de Bergerac
    Edmond Rostand
282. O Maravilhoso Mágico de Oz
    L. Frank Baum
283. Trocando Olhares
    Florbela Espanca
284. O Pensamento Filosófico
    da Antiguidade
    Huberto Rohden
285. Filosofia Contemporânea
    Huberto Rohden
286. O Espírito da Filosofia
    Oriental
    Huberto Rohden
287. A Pele do Lobo /
    O Badejo / o Dote
    Artur Azevedo
288. Os Bruzundangas
    Lima Barreto
289. A Pata da Gazela
    José de Alencar
290. O Vale do Terror
    Sir Arthur Conan Doyle
291. O Signo dos Quatro
    Sir Arthur Conan Doyle
292. As Máscaras do Destino
    Florbela Espanca
293. A Confissão de Lúcio
    Mário de Sá-Carneiro
294. Falenas
    Machado de Assis
295. O Uraguai /
    A Declamação Trágica
    Basílio da Gama
296. Crisálidas
    Machado de Assis
297. Americanas
    Machado de Assis
298. A Carteira de Meu Tio
    Joaquim Manuel de Macedo
299. Catecismo da Filosofia
    Huberto Rohden
300. Apologia de Sócrates
    Platão (Edição bilingue)
301. Rumo à Consciência Cósmica
    Huberto Rohden
302. Cosmoterapia
    Huberto Rohden
303. Bodas de Sangue
    Federico García Lorca
304. Discurso da Servidão
    Voluntária
    Étienne de La Boétie

305. Categorias
 Aristóteles
306. Manon Lescaut
 Abade Prévost
307. Teogonia / Trabalho e Dias
 Hesíodo
308. As Vítimas-Algozes
 Joaquim Manuel de Macedo
309. Persuasão
 Jane Austen
310. Agostinho - Huberto Rohden
311. Roteiro Cósmico
 Huberto Rohden
312. A Queda dum Anjo
 Camilo Castelo Branco
313. O Cristo Cósmico e os Essênios - Huberto Rohden
314. Metafísica do Cristianismo
 Huberto Rohden
315. Rei Édipo - Sófocles
316. Livro dos Provérbios
 Salomão
317. Histórias de Horror
 Howard Phillips Lovecraft
318. O Ladrão de Casaca
 Maurice Leblanc
319. Til
 José de Alencar

Série Ouro
(Livros com mais de 400 p.)

1. Leviatã
 Thomas Hobbes
2. A Cidade Antiga
 Fustel de Coulanges
3. Crítica da Razão Pura
 Immanuel Kant
4. Confissões
 Santo Agostinho
5. Os Sertões
 Euclides da Cunha
6. Dicionário Filosófico
 Voltaire
7. A Divina Comédia
 Dante Alighieri
8. Ética Demonstrada à Maneira dos Geômetras
 Baruch de Spinoza
9. Do Espírito das Leis
 Montesquieu
10. O Primo Basílio
 Eça de Queirós
11. O Crime do Padre Amaro
 Eça de Queirós
12. Crime e Castigo
 Dostoiévski
13. Fausto
 Goethe
14. O Suicídio
 Émile Durkheim
15. Odisseia
 Homero
16. Paraíso Perdido
 John Milton
17. Drácula
 Bram Stoker
18. Ilíada
 Homero
19. As Aventuras de Huckleberry Finn
 Mark Twain
20. Paulo – O 13º Apóstolo
 Ernest Renan
21. Eneida
 Virgílio
22. Pensamentos
 Blaise Pascal
23. A Origem das Espécies
 Charles Darwin
24. Vida de Jesus
 Ernest Renan
25. Moby Dick
 Herman Melville
26. Os Irmãos Karamazovi
 Dostoiévski
27. O Morro dos Ventos Uivantes
 Emily Brontë
28. Vinte Mil Léguas Submarinas
 Júlio Verne
29. Madame Bovary
 Gustave Flaubert
30. O Vermelho e o Negro
 Stendhal
31. Os Trabalhadores do Mar
 Victor Hugo
32. A Vida dos Doze Césares
 Suetônio
33. O Moço Loiro
 Joaquim Manuel de Macedo
34. O Idiota
 Dostoiévski
35. Paulo de Tarso
 Huberto Rohden
36. O Peregrino
 John Bunyan
37. As Profecias
 Nostradamus
38. Novo Testamento
 Huberto Rohden
39. O Corcunda de Notre Dame
 Victor Hugo
40. Arte de Furtar
 Anônimo do século XVII
41. Germinal
 Émile Zola
42. Folhas de Relva
 Walt Whitman
43. Ben-Hur — Uma História dos Tempos de Cristo
 Lew Wallace
44. Os Maias
 Eça de Queirós
45. O Livro da Mitologia
 Thomas Bulfinch
46. Os Três Mosqueteiros
 Alexandre Dumas
47. Poesia de Álvaro de Campos
 Fernando Pessoa
48. Jesus Nazareno
 Huberto Rohden
49. Grandes Esperanças
 Charles Dickens
50. A Educação Sentimental
 Gustave Flaubert
51. O Conde de Monte Cristo (Volume I)
 Alexandre Dumas
52. O Conde de Monte Cristo (Volume II)
 Alexandre Dumas
53. Os Miseráveis (Volume I)
 Victor Hugo
54. Os Miseráveis (Volume II)
 Victor Hugo
55. Dom Quixote de La Mancha (Volume I)
 Miguel de Cervantes
56. Dom Quixote de La Mancha (Volume II)
 Miguel de Cervantes
57. As Confissões
 Jean-Jacques Rousseau
58. Contos Escolhidos
 Artur Azevedo
59. As Aventuras de Robin Hood
 Howard Pyle
60. Mansfield Park
 Jane Austen